Rui Zink
Die Installation der Angst
Novelle

Aus dem Portugiesischen von Michael Kegler

Weidle Verlag

Die Besucher

Wenn der König aus Elfenbein in Gefahr ist
Was kümmern da einen das Fleisch und die Knochen
Der Schwestern, der Mütter und der Kinder?
Ricardo Reis

Die Frau ist nackt – bei dem, was sie gerade tut, ist es praktischer, nichts anzuhaben –, da klingelt es an der Tür.

Die Frau erstarrt. Verharrt: ein Reh im Lichtkegel auf der Landstraße. Ihr Herz schlägt schneller. Die Frau überlegt. Oder versucht zu überlegen.

Es klingelt noch einmal. Das erste, was der Frau durch den Kopf geht, ist, daß sie Schuhe anziehen muß. Nicht sich anziehen, sondern Schuhe anziehen. Dumm? Aber es ist so. Man weiß nie, wie man reagiert. Und immer noch nackt und barfuß geht sie zur Tür, um nachzusehen.

Die Frau weiß nicht, was sie tun soll. Ist es ein Vertreter? Ein Nachbar? Der Briefträger? Oder schlimmer: Sind *sie* es?

Der Junge. Die Frau geht ins Schlafzimmer, weckt ihn auf, legt ihm den Finger auf die Lippen. *Psst, Liebling, du mußt jetzt ganz leise sein. Schaffst du das? Wie die anderen Male auch.*

Die Frau muß lächeln, so folgsam ist das Kind, und sagt, es soll sich im Bad verstecken. Und vor allem keinen Lärm machen. Die Frau vergeht fast vor Zärtlichkeit, aber das ist jetzt nicht der richtige Moment. Es klingelt noch einmal. Nachdem sie sicher ist, daß der Junge versteckt ist und keinen Lärm machen wird, greift die Frau zögernd nach einem Brecheisen und lehnt es gegen den Türrahmen. Dann geht sie auf Zehenspitzen in die Küche, greift sich einen Kittel und eine Schürze, zieht den Kittel an, bindet sich die Schürze um. Dann fällt ihr auf, daß die zuviel ist, und sie legt die Schürze wieder ab. Es klingelt wieder, diesmal dringlicher. Die Frau geht öffnen. Ihr fällt ein, daß sie barfuß ist. Es klingelt noch einmal. Die Frau schlüpft hastig in Pantoffeln und schaut durch den Spion.

Sie hatte gehofft, sie wären noch unten, aber nein, sie sind schon oben. Jemand muß sie unten hereingelassen haben. Oder haben sie einen Generalschlüssel für sämtliche Haustüren der Straße? Es ist alles möglich. Die Frau weiß das aus eigener Erfahrung. Heutzutage ist alles möglich. Die Welt steht kopf. Und das nicht, weil ihr nach einer kleinen laszıven Kopulationsübung zumute ist. Die Welt steht kopf, weil sie kopfsteht.

Es klingelt noch einmal. Es klopft. Als wollte dieses Klopfen an der Tür sagen:

Machen Sie auf! Wir wissen, daß Sie zu Hause sind, alles, was Sie sagen, kann gegen Sie verwendet werden ...

Auf der Türschwelle zwei Männer. Einer in Anzug und Krawatte, gepflegt, schlank, feine Nase und Lippen, Diplomatenkoffer in der Hand. Der andere eher untersetzt, finster dreinschauend, Overall, einen Werkzeugkasten in der beachtlichen Pranke.

»Ent... entschuldigen Sie, die Waschmaschine war an, ich habe Sie nicht gehört ...«

Kaum sagt sie das, merkt die Frau, daß es die falsche Ausrede ist. Aus der Küche ist kein Geräusch einer Waschmaschine zu hören.

Die Männer schauen die Frau an, als schauten sie die Frau überhaupt nicht an.

Seltsam. Die Männer sehen gar nicht bedrohlich aus. Eher im Gegenteil. Der im Anzug wirkt sogar gesprächig, der andere eher derb, kräftig, apathisch.

»Guten Tag«, sagt der im Anzug auf seine gesprächige Art. »Wir kommen, um die Angst zu installieren.«

»Die Angst ...?«

Der Wortgewandte im Anzug zieht ein rhetorisch verblüfftes Gesicht:

»Haben Sie keine Benachrichtigung erhalten?« Und dabei schaut er, als wollte er »Na?« sagen.

Die Frau beißt sich auf die Unterlippe:

»Muß es unbedingt heute sein? Ich wollte eigentlich ...«

Der Eloquente im Anzug bleibt freundlich aber bestimmt:

»Meine Dame, der Fortschritt ist unaufhaltsam. Es geht um das Wohl des Landes.«

»Ja, schon. Aber darauf war ich nicht ...«

Der Anzugmann sagt mit betrübtem Gesicht:

»Sagen Sie bloß, Sie sind gegen das Wohl des Landes.«

»Ich ...«

»Oder gegen den Fortschritt.«

»...«

»Oder gegen die Angst.«

Die Frau beißt sich auf die Lippe:

»Nein, natürlich nicht ...«

Die Frau hätte von Anfang an wissen müssen, daß der gepflegte, beredt anzugtragende Mann sich nicht abwimmeln lassen würde. Und er läßt sich tatsächlich nicht abwimmeln:

»Sie wissen, daß die Installation der Angst eine patriotische Pflicht ist. Erlaß Nr. 359/13, Verfügung Nr. 8: ›Jede Wohnung ist innerhalb von 120 Tagen mit Angst zu versehen.‹ Sie kennen die Verfügung, nicht wahr?«

»Naja ...«

»Und den Erlaß?«

»Ja ...«

»Es ist wichtig. Von hoher Priorität. Wichtig für den reibungslosen Ablauf. Für das Allgemeinwohl ist unerläßlich, daß die Angst zügig und korrekt installiert wird und fristgerecht in Betrieb geht.«

Die Frau reibt ihre Haare zwischen den Fingern, ein nervöser Tic. Man könnte darin auch eine verführerische Geste sehen wollen oder den unbewußten Ausdruck weiblichen erotischen Interesses. Aber das ist nicht zwingend.

Der Gepflegte, der, wie man merkt, auch wortgewandt ist, fährt fort:

»Sie verstehen das doch, nicht wahr?«

»Na ja ...«

Der Mann lächelt. Obwohl er noch jung ist, versteht er bereits väterlich zu wirken:

»Sagen Sie einfach, daß Sie es verstehen.«

»Wollen Sie, daß ich ...?«

Der Mann zuckt mit den Schultern:

»Es ist Vorschrift.«

Die Frau reibt ihre Haare zwischen Daumen und Zeigefinger:

»Ja ja ... natürlich ...«

Der andere, der finster dreinblickende Techniker, scheint zu drängen. Vermutlich hat er sich bisher nicht einmal bewegt, sie sind ja noch nicht über die Türschwelle, aber es sieht aus, als würde er drängen. Der ganze Mensch ist eine behäbige Drohung.

Der Gepflegte zuckt mit den Schultern. Zumindest wirkt es, als zuckte er mit den Schultern. Eine unterschwellige, fast unmerkliche Geste. Oder die subtile Andeutung einer Geste, die gar nicht umgesetzt zu werden braucht.

»Dann muß ich Ihnen mitteilen ... Die Vorschriften sind eindeutig: Dem Bürger oder der Bürgerin, der oder die nicht auf Nachfrage bestätigt, die Instruktionen verstanden zu haben, kann und muß (die Betonung liegt auf *muß*, damit Sie sehen, daß wir persönlich gar nichts gegen Sie haben) mit körperlicher Gewalt innerhalb des gesetzlichen Rahmens und nach Ermessen des ausführenden Teams begegnet werden.«

Der andere verzieht das Gesicht zu einem finsteren Blick von der Form eines abnehmenden Mondes. Er kratzt sich im Schritt. Eine deutliche Geste, oder schlicht Mangel an Umgangsformen? Verglichen mit diesem Tölpel ist der Wortgewandte ein Ausbund an Galanterie.

Was ihn nicht weniger bedrohlich macht:

»Sie verstehen. Sie verstehen doch, oder? Wir tun nur unsere Pflicht. Das verstehen Sie natürlich. Die Installation der Angst ist zu Ihrem Besten. Und zu unser aller Wohl. Das verstehen Sie doch? Nicht wahr?«

Die Frau resigniert. Was soll sie machen? Sie hat keine andere Wahl.

Der Eloquente flüstert wie ein Souffleur der vergeßlichen Diva:

»Sagen Sie ja, meine Dame.«

»J-ja ...«

Das Gesicht des Gesprächigen entspannt sich, als wäre er erleichtert.

»Sehr gut, meine Dame. Das heißt also, wir dürfen hereinkommen.«

Die Frau scheint nicht zu begreifen. Das ist normal. Der Gesprächige lächelt. Die Frau überlegt, überlegt, was ein jeder in dieser Situation überlegt: Dürfen sie überhaupt hereinkommen, wenn man es ihnen nicht erlaubt? »Habe ich nun einen entscheidenden Fehler gemacht?« scheinen die Augen der Frau zu sagen.

Der Gesprächige lächelt. Diesen Teil mag er besonders. Den Zweifel. Sie überlegen. Sie überlegen immer.

Laß sie ruhig überlegen.

Bevor die Frau auch nur einen Pieps sagen kann, treten die Männer ein. Der Wortgewandte streift sich die Schuhe ab. Der andere nicht.

Wie neue Besitzer taxieren sie das Wohnzimmer. Jedenfalls sehen sie aus, als würden sie es taxieren. Wie neue Besitzer.

Die Frau schaut die Männer an:

»M-möchten Sie auch die anderen Zimmer sehen?«

Die Männer taxieren die Frau. Sie hat gestottert, sie ist über das m-möchten gestolpert. Fast müssen sie lächeln, komplizenhaft. Die Frau denkt wahrscheinlich: Täuscht sie sich, oder liegt in ihren Gesichter Spott? Ja, wahrscheinlich, denkt sie wahrscheinlich. Vielleicht aber auch nicht, und es ist nur ihr Eindruck, vielleicht denkt sie auch das.

Den zwei Männern gefällt das. Nichts ist so entspannend wie zu wissen, daß jemand überlegt, was er zu denken hat.

Die Frau schluckt, räuspert sich:

»Möchten Sie eines der Zimmer sehen?«

Die Männer betrachten sie noch etwas länger. Es fühlt sich gut an, daß die Frau nicht genau weiß, was sie tun werden.

Der Eloquente löst schließlich die Anspannung:

»Das ist nicht nötig, meine Dame. Zumindest im Augenblick nicht. Das Wohnzimmer reicht völlig. Wissen Sie, heute muß das nicht mehr in allen Räumen gemacht werden. Das Wohnzimmer reicht völlig aus. Aber vielleicht müssen wir einmal zur Toilette.«

Die Frau reißt die Augen auf.

»Die Toilette ist leider kaputt«, sagt sie schnell. »Der Klempner sagt, er käme noch heute ...«

Der Gesprächige zeigt Verständnis:

»Na, das kann dauern. Die Klempner, man weiß ja ... Die haben nicht unsere Arbeitsmoral. Verantwortungsbewußtsein.«

Sie merken nicht, wie erleichtert die Frau ist. Zu sehr sind sie damit beschäftigt, den Raum zu besetzen.

Der Eloquente richtet sich an seinen Kollegen:

»Ausgezeichnet. Beginnen wir mit der Installation, Sousa.«

Der Assistent stellt den Werkzeugkasten ab, und erst da, als er ihn abstellt, merkt die Frau, wie schwer dieser Eisenkasten sein muß. In der Hand wirkte er leicht wie ein Picknickkorb nach dem Essen.

»Und ...?«

Der elegante, eloquente Beamte setzt ein geschliffenes Lächeln auf:

»Bitte?«

»Wird es lange dauern?«

»So lange wie nötig, meine Dame. Das hängt ganz davon ab, wie lange die Installation braucht. Manchmal ist es in einer Stunde erledigt. In anderen Fällen ... Das kommt darauf an.«

Die Frau schaut resigniert zu Boden.

»Aber machen Sie sich keine Sorgen. Mit uns vergeht die Zeit wie im Flug.«

»Wenn Sie es sagen ...«

»O ja, meine Dame. Die Angst einzurichten geht schnell. Sie ist im Handumdrehen da und funktioniert sofort. Früher hat man für so etwas Jahre gebraucht. Heute, mit den neuen Technologien, schafft man das in Minuten.«

»Oder Sekunden«, sagt eine andere Stimme. Die heisere, getragene Stimme des Mannes, den der erste Mann Sousa genannt hat. »Aber sagen Sie, wo war noch mal die Toilette?«

»D-die ist kaputt«, sagt die Frau. »Der Klempner wollte noch heute kommen ...«

»Scheiße«, brummt Sousa. »Na gut, falls ich mal runter zum Wagen muß, gehe ich irgendwo in ein Café pinkeln. Falls nicht ...«

Und die Frau merkt, daß dieses »falls nicht« heißt: Sousa ist keiner, der lange fackelt. Sie hätte das Kind in seinem Zimmer lassen sollen. Jetzt ist es zu spät. Und sie hofft, daß »Sousa« ein Werkzeug holen gehen muß ...

Der Mann in dem dunkelblauen Overall verteilt seine Werkzeuge auf dem Boden. Die Frau weiß nun, daß er »Sousa« heißt oder jedenfalls so genannt wird. Einige der Werkzeuge sehen unheimlich aus, andere ziemlich normal. Manche davon hat die Frau noch nie gesehen. Andere erkennt sie, zumindest sehen sie Werkzeugen ähnlich, die sie kennt.

Der Eloquente erklärt:

»Sie sind verunsichert, nicht wahr? Ein gutes Zeichen. Ein Zeichen dafür, daß die Installation schon begonnen hat. Wissen Sie, die Installation hat eine physische und eine metaphysische Seite.«

Die Frau nickt.

»Das heißt, nicht nur wir installieren die Angst, sondern von seiten der Bürger wird eine gewisse mentale (ich würde sogar sagen, moralische) Bereitschaft erwartet, die Angst auch anzunehmen. Es ist wie ein Signal. Ein Signal muß nicht nur stark ausgestrahlt werden, es braucht auch einen Empfänger.«

Die Frau nickt.

Der Gesprächige öffnet eloquent seine Handflächen:

»Sie dachten vielleicht, für eine kräftige Ausstrahlung müßte der Empfänger, quasi als Gegenpol, schwach sein. Aber nein. Die Installation der Angst ist nicht nur für das Wohl aller da, sondern wird auch erst durch die Zusammenarbeit aller möglich.«

Der Mann redet weiter, doch Sousa ist inzwischen mit einem Bohrhammer zugange, und durch den Lärm sind die Worte kaum noch zu hören.

Die Frau nickt, was soll sie auch sonst tun? Immer, wenn der Lärm aussetzt, kann die Frau ein paar Fetzen verstehen:

»... nicht nur bei uns ... die Frage ist doch ... mit einem Wort.«

Sousa richtet sich mißmutig auf.

»Ich muß doch zum Wagen.«

Der Gesprächige seufzt, ärgerlich.

»Es tut mir leid, meine Dame. Es scheint ein Problem mit dem Werkzeug zu geben. Immerhin gut für deine Blase, nicht wahr, Sousa?«

Sousa geht hinaus und die Treppe hinunter.

»Nehmen Sie doch den Aufzug, wenn Sie möchten«, sagt die Frau.

Der Gesprächige, dessen Namen die Frau, wie ihr jetzt auffällt, noch gar nicht kennt, schüttelt den Kopf.

»Danke, meine Dame, aber mein Kollege ist noch vom alten Schlag und geht lieber die Treppe. Er fühlt sich in engen Räumen nicht wohl. Ein Nebeneffekt seines Berufs. Den Leuten fällt das nicht auf, aber manchmal müssen wir Dämpfe einatmen ... Vor allem die Leute vom technischen Dienst. Machen Sie sich keine Sorgen, er kennt sich aus, unser Sousa.«

»Sie arbeiten schon lange zusammen?«

»Als Installateure der Angst? Oder schon früher?«

Die Frau antwortet nicht. Sie hat eigentlich nur so gefragt, um zu fragen, nicht, weil sie es wirklich wissen will. Was sie tatsächlich will, ist, daß sie verschwinden, so schnell wie möglich. Daß es keinen Ärger gibt.

»Wir sind nicht befreundet, wenn Sie das meinen. Nicht zuletzt wegen des Rangunterschieds. Eines der wichtigsten Dinge bei der Installation der Angst ist die Einhaltung von Hierarchien. Jeder weiß, wo er hingehört, verstehen Sie? Damit es keine Vermischungen gibt. Um nichts durcheinanderzubringen. Wenn jeder weiß, wo er hingehört, funktioniert alles besser, verstehen Sie? Und im Grunde sind wir genau deshalb hier. Damit die Gesellschaft besser funktioniert.«

»Ich verstehe.«

»Daher müssen wir mit gutem Beispiel vorangehen. Aber der Sousa ist ein anständiger Arbeiter, und ich kann mich für die Qualität seiner Arbeit verbürgen. Sie werden sehen, es dauert nicht lang, und schon haben Sie hier eine Angst, daß es eine Pracht ist. Die Prospekte haben Sie gelesen, nicht wahr?«

»Na ja ... überflogen.«

Seine Stimme wird einen winzigen Tick lauter:

»Aber Sie wissen schon, daß Sie sie hätten lesen sollen? Um es leichter zu machen ...«

»Ich weiß, aber ...«

Er tritt ganz nahe an sie heran, sein Mund ist nun fast direkt an ihrem:

»Wie die Frau, die mit einem Unbekannten allein ist, und sein Kollege ist gerade zum Auto gegangen, angeblich um Werkzeug zu holen, tatsächlich aber, um ein Seil zu besorgen, um sie zu fesseln.«

Die Frau bekommt eine Gänsehaut.

Der Gesprächige fährt fort:

»Ein Unbekannter, der womöglich ...«

Die Frau starrt ihn an.

Der Wortgewandte fährt fort:

»Wäre es da nicht von Vorteil, sie würde, um es ihm nicht unnötig schwer zu machen, schon einmal etwas Lässiges anziehen, sich vielleicht schon einmal ausziehen und eine bequemere Haltung einnehmen?«

Der Frau gelingt es zu sagen:

»Aber ... wenn sie sich wehrt?«

»Sich wehrt? Gegen was soll sie sich wehren? Sie ist eine Frau, und er ist ein Mann. Er ist stärker als sie, ist bewaffnet, sie ist allein im Haus und hat den (groben) Fehler gemacht, sie hereinzulassen. Nun ist sie wehrlos. Und der Kollege (der Freund, der Komplize, der Handlanger) kommt zurück, von der Treppe hört man bereits seine Schritte und das Schnaufen, erwartungsvoll, eine Mischung aus Last, Ärger, Libido und Erregung, alles zusammen, und die Frau weiß, daß sie keine andere Möglichkeit hat, weiß, daß sie verloren ist, sich in ihren Händen befindet, nur ein Spielzeug ist in ihren Händen, und was auch immer sie empfinden mag, es in jedem Fall nur deren Belustigung dient. Schmerz, Lust, alles nur Spiel, und für die nächsten Stunden wird sie nicht mehr sein als eine Sklavin (ein Werkzeug), dessen sie sich nach Gutdünken bedienen.«

Die Frau weicht zurück. Aber da ist nichts mehr, wohin sie zurückweichen könnte, sie steht bereits mit dem Rücken zur Wand, und der Besucher atmet ihr schon fast ins Gesicht.

»Und in dieser Situation, einer Situation, in der alles genau so wie jetzt ist, oder ähnlich, wäre es da nicht am vernünftigsten, wäre es da nicht einfach vernünftig, sie würde es sich nicht noch schwerer machen und sich so widerstandslos wie nur möglich ihren potentiellen Peinigern fügen in der (vergeblichen, aber immerhin) Hoffnung, daß ihre Unterwerfung auch nur einen Funken Gnade findet?«

Sein Atem weht ihr nun tatsächlich direkt ins Gesicht. Unangenehm. Nicht, weil er Mundgeruch hätte, sondern eher, weil er keinen hat.

»Eine Frau, die *Unbekannten* die Tür öffnet? Und sie herein (über die Türschwelle) läßt, weil sie behaupten, eine einfache Installation machen zu müssen? Diese leichtsinnige Frau, provoziert sie es nicht geradezu? Wer sonst wäre schuld, wenn ihr etwas passiert, wenn die Männer ihr etwas antun, wenn, wenn, wenn? Und wenn sie im Grunde selbst will, daß geschieht, was sie fürchtet?«

Der Eloquente macht eine Pause. Der Frau scheint die Stimme zu versagen. Der Eloquente lacht:

»Ich mache nur Spaß, meine Dame. Sie hätten mal Ihr Gesicht sehen sollen. Wenn Sie möchten, schauen Sie mal in den Spiegel.«

Die Frau schüttelt den Kopf. Sie weiß, daß sie bleich ist. Sie braucht keinen Spiegel, um das zu sehen. *Spieglein, Spieglein an der Wand, wer ist bleicher im ganzen Land?*

Der Eloquente sagt jetzt versöhnlicher:

»Sehen Sie? Wir haben die Installation noch nicht abgeschlossen, und Sie sind schon in diesem Zustand. Da sehen Sie mal, wie effizient unsere Methoden sind, die Macht unserer Technologie, die Qualität unserer Produkte.«

Die Frau bekommt wieder Luft:

»Ich hatte keine Angst ...«

Der Eloquente lächelt:

»Natürlich hatten Sie Angst. Warum streiten Sie es ab? Werten Sie doch nicht von vornherein etwas ab, von dem Sie nichts verstehen!«

Die Frau sagt nichts. Der Gesprächige lacht, sehr zufrieden mit sich:

»Richtig ist allerdings, daß etwas mit Ihnen nicht stimmt. Verzeihen Sie, daß ich es so offen ausspreche, aber Frauen sind immer ein wenig merkwürdig. Zumindest für uns Männer. Ich weiß nicht, ob sie sich selbst merkwürdig finden. Vielleicht ist es ja auch umgekehrt.«

Es klopft an der Tür.

»Das wird Sousa sein. Es sei denn, Sie erwarten auf einmal Besuch. Das käme jetzt sehr ungelegen.«

»Vielleicht der Briefträger ...«

»Ach ja, oder der Klempner. Hatten Sie nicht auf den Klempner gewartet? Wegen dem Problem mit dem Badezimmer?«

Die Frau antwortet nicht.

»Aber ich gehe jede Wette ein, daß es der Sousa ist.«

Und er ist es. Der Sousa. Er macht ein böses Gesicht. Genauso wie vorhin, bevor er die Treppe hinuntergegangen ist.

Der Gesprächige freut sich:

»Sehen Sie, ich hatte recht! Ich will ja nicht prahlen, meine Dame, aber wir haben immer recht. Es ist, um es mal so auszudrücken, unsere Bestimmung.«

Installation

Die Angst wird alles haben
fast alles
und wir alle
fast alle werden
jeder auf seinem Wege
zu den Ratten kommen
Ja,
zu den Ratten
Alexandre O'Neill

Die Frau und der Wortgewandte trinken Malzkaffee. Sie hat Malzkaffee gemacht, etwas anderes war nicht im Haus. Sie trinken Malzkaffee. Sousa arbeitet. Die Frau versucht nicht, alle Einzelheiten der Installation zu begreifen. Kabel, Verbindungen, Schrauben, den Lärm des Bohrhammers. Nach einer Viertelstunde ist ein Stück Wand schon wieder verputzt und der Boden voller Staub und Abfall, doch die Frau wagt nicht, sich zu beklagen.

Sie reden nichts. Die Frau nicht, weil sie nicht will – über was soll sie auch reden? Über das Wetter, daß alles teurer wird, das schlechte Wetter, daß alles teurer wird, das schöne Wetter, daß alles teurer wird, wie schwierig es ist, daß es für die Jugend nicht leicht ist, wie schwierig es ist, Arbeit zu finden, die jungen Leute von heute, sie haben ja keine Ahnung, die jungen Leute von früher sind alt geworden, das Wetter, daß alles teurer wird, die Arbeitslosigkeit, das Fernsehen, das Wetter, das Wetter, das Wetter?

Und, was sie nicht wissen und ums Verrecken nicht erfahren werden, sie denkt an das Kind, das sie im Bad versteckt hat. Wie lange hält ein Kind aus, ohne Lärm zu machen? Na, vielleicht schläft der Junge ja ein? Das wäre noch immer das Beste.

Nein, die Frau möchte nicht sprechen. Und jeder andere an ihrer Stelle würde auch, wenn irgend möglich, am liebsten schweigen. Zumindest solange sie noch da sind. Sie weiß, was sie erwartet, und weiß gleichzeitig, daß sie nicht weiß, was sie erwartet. Und dürfte sie reden (hätte sie nur Lust dazu), was sollte sie eigentlich sagen? Was sie auf der Seele hat? Das wäre ja noch schöner. Wenn man eine Seele hat, ist es einfach, zu sagen, was man auf der Seele hat. Und wenn nicht? Seelenlose Zeiten verlangen nach Menschen ohne Seele. Wüsten verwüsten. Durst trocknet aus. Einsamkeit hallt. Alles so offensichtlich. Kollateralschäden des Status quo.

Die Frau schaut verstohlen auf den Mann gegenüber, der seelenruhig vor seiner Tasse sitzt, die von seinen feinen, farblosen Lippen nur leicht berührt wird, die fast keine Lippen sind, so fein sind sie. *Seelenlos,* wie man so zwischen den Zähnen hervorbringt. Vielleicht. *Sie* haben vielleicht keine Seele. Aber sie – hat sie selbst eine? Wer weiß?

Selbst der Gesprächige scheint für einen Moment (zumindest solange der Lärm anhält) keine Lust mehr zum Reden zu haben. Als hätte er es sich gemütlich gemacht, sich gemütlich eingerichtet. Seinen Kollegen könnte man für einen Boxer halten oder den Mann fürs Grobe im Inkassogewerbe. Der Eloquente hier ist das Gegenteil: Das Mindeste, was man über ihn sagen kann, ist, daß sein Anzug gut sitzt. Die Frau ist fast dankbar dafür, daß er nicht fragt, ob sie Kinder hat, was sie beruflich macht, und so weiter.

Noch einige Minuten lang sitzen sie sich so gegenüber. Schließlich hört der Lärm des Bohrhammers auf, dieses Hämmern, Metall kreischend auf Glas, Plastik, Metall. In das Gesicht des Gesprächigen kommt wieder Leben. Oder was auch immer das ist, was in sein Gesicht zurückkehrt.

»Sehen Sie? Ging doch schnell.«

Die Frau denkt vielleicht: Verschwinden sie jetzt? Verschwinden sie und lassen mich in Ruhe (allein) mit dem, was auch immer sie hier in der Wohnung angebracht haben?

Wenn es das ist, was die Frau denkt, muß der Gesprächige sie enttäuschen:

»Jetzt müssen wir es nur noch vorführen.« Und als er im Gesicht der Frau etwas sieht, was er für Enttäuschung hält, fügt er hinzu: »Keine Sorge, auch das geht schnell.«

Und die Frau versucht ihr Glück:

»Machen Sie sich keine Umstände ...«

»O doch, es muß sein, meine Dame. Es wäre sonst gegen die Vorschriften. Die Leute denken oft nicht, daß es so ist, aber wir sind für Sie da. Um Ihnen zu helfen.«

»Ich kann auch die Anleitung lesen ... das Faltblatt.«

Fast hätte der Eloquente ihr den Zeigefinger auf die Lippen gelegt. Fast. Denn er braucht es nicht zu tun. Sie spürt es schon. Ganz ohne sein Zutun.

»Sagen Sie nichts, meine Dame. Sagen Sie nichts!«

Sie stehen auf und gehen ins Wohnzimmer.

Es ist dunkel im Wohnzimmer. Die Frau hat nicht gesehen, daß sie am Schalter hantiert haben, sie will es auch gar nicht wissen. Es ist dunkel, in jeder Hinsicht. Und es ist wohl auch kälter geworden im Wohnzimmer. Zwei oder drei Grad. Kälter. Noch kälter.

Sousa schaltet eine Taschenlampe ein, hält sie sich unter das Gesicht. Er sieht nun gespenstisch aus, wie in einem Horrorfilm. Seine Stimme, die Frau hatte sie bisher noch nicht wahrgenommen, ist weich, erstaunlich, paßt überhaupt nicht zu seiner Gestalt, und brutal an der Stimme ist nur jene Klarheit, mit der sie die Worte hervorbringt. Die Stimme eines Nachrichtensprechers aus der Gestalt eines Quasimodo:

»Die Natur. Nur wenig flößt Menschen mehr Angst ein als die Natur. Die Welt ist beängstigend, die Natur ist beängstigend. Wußten Sie, daß in Australien 80 Prozent der gefährlichsten Tiere der Welt leben? Giftige Schlangen, Fische, die tödliche Giftstoffe absondern, Salzwasserkrokodile, weiße Haie, Tasmanische Teufel. Aber Australien ist weit, richtig?«

Die Stimme des Wortgewandten erklingt nun wie im Falsett:

»Irrtum. Australien ist uns heute näher denn je. Australien ist heute schon hier.«

Sousa greift wieder nach seiner Lampe:

»Und auch Indien ist hier, mit seinen Brillenschlangen, Afrika mit den schwarzen Mambas, das Amazonasgebiet mit seinen Taranteln und Piranhas und Anakondas, die bis zu 25 Meter lang werden ...«

»Zumindest im Kino. Zuletzt sogar in 3D.«

»Heute haben wir hier die ganze Welt. Nichtsahnende Reisende bringen gefährliche Tiere aus den gefährlichsten Ländern mit wie Maskottchen.«

»Oder schmuggeln seltene Arten für private Zoos.«

»Oder lassen ahnungslos eine Handvoll Taranteln in ihre Koffer.«

»Eine Schlange, die sich zwischen Socken und den drekkigen Hemden zusammengerollt hat, um sich zu häuten ...«

»Und dann brechen die Tiere aus.«

»Oder werden die Toilette hinuntergespült, wenn man sie findet.«

»Wie die Krokodile, die als Babys so niedlich sind und dann plötzlich zu groß werden ...«

»Und in der Kanalisation zu erwachsenen Tieren heranwachsen.«

»Ein guter Rat, meine Dame.«

»Ein guter Rat.«

»Steigen Sie nie in die Kanalisation hinab.«

»Allerdings ...«

»Was durch die Toilette hinuntergespült wird ...«

»Gelangt manchmal auch wieder nach oben.«

»Wenn auch nicht unbedingt durch dieselbe Toilette.«

»Sondern durch eine andere.«

»Bei einem zu Hause.«

»Bei Ihnen.«

»Passen Sie auf, meine Dame!«

»Wenn Sie das nächste Mal zur Toilette gehen.«

»Den Rock hochgezogen, den Slip heruntergelassen.«

»Wehrlos.«

»Das empfindlichste Körperteil wehrlos dem ausgesetzt, was durch das Rohr kommt.«

»Und …«

»Auf einmal kommt etwas nach oben.«

»Und beißt.«

»Eine Schlange!«

»Eine giftige Schlange.«

»Ein Skorpion!«

»Genauso giftig.«

»Ein Mutantenwesen mit Glubschaugen!«

»Kriecht durch das Abwasserrohr hoch und überrumpelt uns.«

»Die Gefahr wartet nicht, meine Dame. Sie lauert.«

»Nicht einmal, wenn wir in der Wanne liegen und in einer Illustrierten blättern, können wir uns wirklich entspannen.«

»Die Angst vor der Natur macht auch hier nicht halt.«

»Genau. Sie ist hier nicht zu Ende.«

»Die Angst vor Bestien.«

»Insbesondere Schlangen.«

»Oder Piranhas.«

»Oder Anakondas.«

»Anakondas sind Schlangen.«

»Genau.«

»Immer noch eine der größten Ängste der meisten unserer Kunden.«

»Eine Angst mit Tradition.«
»Eine sehr angesehene Angst.«
»Renommiert.«
»Ach was. Einfach eine *natürliche* Angst.«

Es wird wieder hell. Die Frau blinzelt. Der Gesprächige warnt:

»Seien Sie vorsichtig. Man weiß ja, wie Licht blenden kann.«

Mit der philosophischen Implikation des Gesagten zufrieden, macht der Eloquente eine kurze rhetorische Pause und sagt dann:

»Aber angenommen, dies wäre für Sie nicht die geeignete Angst.«

»Genau«, sagt Sousa.

»Überlegen wir: Wie viele Schlangen können in einer einzigen Stadt aus der Toilette kommen? Statistiken sind oft gute Verbündete der Angst, aber allzuoft auch das Gegenteil. Vermutlich wird es, wie man so schön sagt, ›nur die anderen treffen‹. Ein paar Tage vielleicht werden wir auf der Toilette ein mulmiges Gefühl haben und unter dem Bett nachsehen, ob da auch wirklich nichts ist, doch dann läßt die Anspannung unweigerlich nach und ...«

Ganz kurz glaubt die Frau, nun würde Sousa etwas dazu sagen, doch nein, Sousa sagt nur etwas, wenn er will. Oder darf. Und diesen Satz könnte sogar die Frau vervollständigen:

Und wir beginnen zu vergessen, welche Angst wir noch vor ein paar Tagen hatten.

Der Eloquente schließt seinen Gedankengang ab:

»Und wir vergessen allmählich die Furcht, die uns befiel, diese Panik, die uns kaum schlafen ließ, unsere Verdauung beeinträchtigte.«

»Denn auch das ist einer der vielen Effekte der Angst:

Man verliert die Kontrolle über die Därme, hier erwischt uns die Angst als erstes.«

»Unten herum.«

Die Frau seufzt. Der Eloquente verbucht diesen Seufzer zufrieden für sich. Er weiß genau, was sie denkt: Es ist *eine Tortur.*

Wenn sie wüßte, daß es erst der Anfang ist!

»Sehen Sie«, sagt er freundlich. »Angst ist nicht nur notwendig, sondern auch ansprechend. Und lehrreich. Die schönste Weise, die Welt zu erklären und sie zu organisieren. Nehmen Sie zum Beispiel die Kinder. Für sie gibt es Monster unter dem Bett und Gespenster im Haus. Eine friedliche Straße kann für sie ein finsterer, unheimlicher Wald sein, ein samtenes Meer voller lauernder Augen.«

Das Licht geht wieder aus. Über die Dunkelheit legt sich Sousas Stimme. Nur ist sein Werkzeug nun nicht mehr die Lampe, sondern mehr: ein Hologramm, so gestochen scharf, daß es fast echt wirkt. Die Frau kann das Ächzen des Windes im einsamen Wald hören. Kaum zu erkennen, so winzig, aber doch da, eine Gestalt – ein kleiner Junge. Mühsam kämpft er sich zwischen den Bäumen hindurch. Es ist ein Herbstnachmittag, am Boden liegt welkes Laub.

Zum ersten Mal erschaudert die Frau tatsächlich. Fast hätte sie das Kind erkannt. Dann sieht sie, daß es ein anderes ist. Aber die Ähnlichkeit, diese Ähnlichkeit ...

Eines Tages aus heiterem Himmel schickt die Mutter ihren Sohn in den Wald, damit er sich dort verirrt und von Wölfen gefressen wird. Der Junge weiß nicht, warum sie so grausam ist, aber was soll er tun? Er gehorcht und geht fort – was soll er auch anderes tun? Was soll er tun gegen den grausamen, unergründlichen Willen der Mutter, die ihn noch bis zum Waldrand begleitet, dort aber dann aussetzt, allein, mitten in diesem Labyrinth ohne Wiederkehr?

Und was für eine niederträchtige Mutter ist das, die sich eher verhält wie ein Oger als wie eine liebende Mutter? Und man kann sehen, daß sie, diese entartete Mutter, genau weiß, was das Kind ahnt: daß der Wald voller Gefahren ist. Nicht nur die Wölfe, die Oger und Kobolde, sondern auch eine Bärenfamilie und schlaue Füchse, vielleicht sogar Drachen, die Feuer speien, und sogar eine Hexe mit einem dampfenden Kessel, die nichts gegen ein zartes Kind einzuwenden hätte, falls sich eines zu ihr in den Wald verirrte. Durch Vernachlässigung seitens der Eltern oder (in diesem Fall) das moralisch verwerfliche Handeln der Mutter.

Der Junge versucht noch, im Wald zu bestehen, mit allem, was ihm an Waffen zur Verfügung steht, also gar nichts, und hinterläßt einige Brotkrumen auf seinem Weg. Doch dann kommen die Raben und fressen sie auf, also nimmt er statt Brotkrumen Steine, aber er hat keine Ahnung, ob es nicht längst zu spät ist, den Weg nach Hause wiederzufinden.

Wie dem auch sei, im Moment hat er vor allem Sorge, im Wald zu überleben. An ein Entkommen, tot oder lebendig, kann erst später gedacht werden.

Die Äste der Bäume verformen sich zu grotesken Armen, der Wind macht den Wald zu einem Meer wütender Wesen, die lachen und heulen und stöhnen. Das Kind weiß nicht, ob die Bäume es bedauern oder verspotten, ob sie es verjagen oder zu fassen bekommen wollen. Bei jedem Schritt denkt es sich, daß die Wurzeln sich zu bewegen beginnen, aus dem Boden hervorstoßen, um seine Füße zu fassen, wie Tentakel eines riesigen, pflanzlichen Kraken.

Alle Geräusche im Wald machen angst. Ein Igel im Unterholz kann ein hungriger Wolf sein. Dem Kind knurrt der Magen, doch es wagt nicht, sich etwas zu pflücken, nicht einmal eine Frucht aufzuheben vom Boden. Sie könnte giftig sein wie die giftigen Pilze.

Dann endlich gelangt das Kind an eine Lichtung, und auf der Lichtung steht eine Hütte, und aus dem Schornstein steigt etwas

Rauch. Die Hütte ist elend, doch trotz alledem auch eine Oase der Menschlichkeit inmitten des labyrinthischen, chaotischen Waldes. Das Kind drückt gegen die Tür. Die Tür ächzt, als wäre sie schon viele Jahre nicht mehr geöffnet worden. In der Hütte hängt ein übler Geruch nach geschmolzenem Fett und nach Schichten von Dreck, und der Boden klebt. Der Geruch abgestandener Zeit.

Und doch deuten der Rauch aus dem Schornstein und der Kessel über dem Feuer darauf hin, daß die Hütte bewohnt sein muß, und wer auch immer dort lebt, kann nicht weit entfernt sein – vielleicht im Wald auf der Suche nach Brennholz oder nach Kräutern, Gewürzen für das abscheuliche Essen? Der Junge spürt, daß ihn etwas am Kopf berührt, und erschaudert. Eine Fledermaus? Eine Spinne? Angstvoll schaut er nach oben: Da hängt eine Wurst, oder eine Art Wurst, so groß wie ein Brotbeutel.

Das Kind schaut sich um. Von der Decke hängen, wie Seidenraupen in ihren Kokons, ein, zwei, drei, vier ... sechs riesige Würste. Wer hier lebt, muß es gut haben.

Da kommt ein Wimmern aus einer der Würste.

Und der Junge erkennt, daß es gar keine Würste sind, sondern Kinder! Kinder wie er, die kopfüber von der Decke baumeln, eingeschnürt in diese Kokons (das Bild wird später im Sciencefiction-Film wieder aufgegriffen). Sie hängen an einem Seil von der Decke – die Augen des einen Kinds gehen auf. Es ist ein Mädchen ... Sie lebt! Und sie erkennt den Jungen. All diese menschlichen Würste leben noch! All diese menschlichen Würste sind Kinder.

Die Augen des Mädchens flehen ihn an. Doch was kann er machen? Er ist doch selbst nur ein Kind!

In diesem Augenblick wird dem Kind alles klar. Dies ist das Haus der bösen Hexe! Das Haus, das er schon aus Erzählungen kannte – nun weiß er, daß alles wahr ist. Und die Mutter hätte es wissen müssen. Warum schickte sie – seine eigene Mutter – ihn an diesen entsetzlichen, stinkenden, finsteren Ort? Der Junge versteht nicht. Doch zum Nachdenken ist nicht der richtige Augen-

blick: Ein sechster Sinn sagt ihm, daß die Hexe jeden Moment wieder erscheinen kann. Sechster Sinn? Unter den näher kommenden Schritten scheint alles zu beben! Das ist keine einfache Hexe. Außer ihr muß da noch ein ...

Ein Riese! Ein Oger!

Als der Oger ins Haus tritt, sich mühsam bückt, wäre dies für das Kind die Gelegenheit, dem Ungeheuer etwas über den Schädel zu schlagen. Doch der Junge ist klein, und ihm fehlt jeder Mut. Lieber versucht er noch, durch das Fenster zu entkommen. Die anderen Kinder tun dem Kind leid, aber was soll es machen? Es gibt keine Handys im Zauberwald, und außerdem hat ihm noch niemand gesagt, wie man die Polizei ruft. Die Polizei würde vermutlich auch nicht kommen, falls er sie anriefe. Die Polizei würde den Anruf für einen Scherz halten: einen Scherz oder einen dummen Streich!

Es wird schon dunkel im Wald. Trotzdem gelingt es dem Jungen, instinktiv oder aus purem Glück und natürlich, weil er noch recht gute Augen hat, der Spur der Steinchen zu folgen und wie durch ein Wunder wieder nach Hause zu kommen.

Als er die Wohnung betritt, sagt seine Mutter, fast schon kalt und völlig ungerührt:

»Weißt du nicht, wie spät es ist? Wasch' dir die Hände, es gibt Essen.«

Einfach so, ohne den geringsten Ausdruck des Erstaunens. Ohne den Anflug von Schuldbewußtsein. Ohne Reue. Weißt du, wie spät es ist? Wasch' dir die Hände, es gibt Essen.

Das Licht geht an. Sie sind wieder im Wohnzimmer, wie vorher auch schon.

Der Eloquente winkt ab:

»So geht es allen Kindern am ersten Schultag, wahrscheinlich auch Ihnen, nur erinnern Sie sich nicht mehr daran.«

Die Frau scheint ihn nicht zu verstehen. Der Eloquente erklärt geduldig, didaktisch:

»Das Kind versteht weder, wie grausam die Eltern (in der Regel die Mutter) sein können, noch, warum sie nicht einmal überrascht sind, wenn es entgegen aller Erwartung unversehrt und wohlbehalten wieder zu Hause erscheint. Und in Wirklichkeit ist es ja auch nicht mehr ›unversehrt und wohlbehalten‹, nicht wahr? Etwas ist anders. Etwas ist kaputtgegangen an diesem Tag. Nicht für alle natürlich. Es kommt auf die Lehrer an, auf die Schulfreunde ...«

»Auch auf das Kind«, sagt die Frau.

Der Gesprächige lächelt:

»Ja, auch auf das Kind kommt es an. Doch da ist die Gewalt, eine bleibende Narbe. Ein Schatten. Was einmal zerbrochen ist, kann man nicht mehr kitten.«

Die Frau wagt zu sagen:

»Dafür sind diese Geschichten ja da, nicht wahr?«

Der Gesprächige neigt den Kopf:

»Erraten. Dafür gibt es solche Geschichten. Sie sind die genaue Übersetzung dessen, was tatsächlich passiert, die Übersetzung in eine Sprache, die das Unterbewußtsein versteht. Denn das Unterbewußtsein ist es, das uns in Wirklichkeit lenkt, das ist Ihnen sicher nicht neu, oder? Sie sind intelligent, das sehe ich. Ich habe Sie beobachtet und sehe, trotz allem, Sie sind eine intelligente Frau. Genau deshalb wird Ihnen unser Produkt auch gefallen. Es ist so gut wie Importware. Ich würde sagen, sogar noch besser. Nicht, daß man mich eines übertriebenen Patriotismus bezichtigt, aber überzeugen Sie sich doch einfach selbst.«

»Vielen Dank.«

Der Gesprächige glaubt, aus dem Dank der Frau einen Hauch Ironie heraushören zu können. Vielleicht aber auch nicht. Ist egal.

»Vielleicht fragen Sie sich, ob die Geschichte tatsächlich dazu geeignet ist, angst zu machen ...«

Die Frau zögert. Dann sagt sie:

»Oder?«

»Oder im Gegenteil hilft, mit der Angst umzugehen.«

Die Frau zögert. Dann sagt sie:

»Nun ...«

Der Gesprächige setzt eine schlaue Miene auf:

»Das kann durchaus sein. Auch Medikamente haben nicht immer den gewünschten Effekt. Ich selbst glaube, es geht weniger um das eine oder das andere, sondern um beides zusammen.«

»Und das ist gut?« wagt die Frau nachzufragen. »Ich meine für einen Fachmann ...«

Der Gesprächige schaut die Frau an. Für den Bruchteil einer Sekunde hätte er sich beinahe gefragt: Will sie ihn *auf die Probe stellen*?

Nein, beschließt er. Sie ist einfach neugierig. Das Problem ist, daß Frauen, die neugierig sind, aussehen, als wollten sie einen auf die Probe stellen. Nichts weiter. Gerade noch habe ich ihr einen lehrreichen Schreck eingejagt, als sie dachte, ich würde sie *auf der Stelle* vergewaltigen.

Und vielleicht hat er ja recht, so zu denken. Es gibt keinen Anlaß, den Ton ihrer Worte anders zu interpretieren.

Doch was sie nicht weiß, ist, daß die Neugier der Katze Tod ist. Vielleicht weiß sie es, es ist schließlich eine Redensart. Doch sicher nicht, daß die Neugier nicht nur der Tod der Katze ist – und der des Katers, sondern auch der des Hundes, der Hündin, des Kanarienvogels und seiner Frau, der Nachbarin einen Stock tiefer und des gesamten Planeten. Mal sehen, was sie mit dieser Information anfängt.

Der Gesprächige grinst übers ganze Gesicht, einschließlich der Reißzähne in seinem Gebiß:

»Gut, gehen wir davon aus, daß solche Ängste sozusagen recht kindisch sind. Also Ängste im Embryonalzustand. Sie anzubieten ist dennoch sehr wichtig. Die Kindheit ist dort, wo die Menschen sich wohlfühlen, und für uns ist es wichtig, daß die Bürger sich wohlfühlen, wenn sie in ihre Kindheit zurückkehren, aber nicht zu wohl. Etwas Zwiespältigkeit ist von Vorteil, um nicht zu sagen notwendig. Man muß das Produkt anbieten, es muß verfügbar sein, nicht zuletzt, weil ja in vielen Familien noch die Kinder im Haus sind. Auch das muß gelöst werden, doch die Regierung ist sich darüber im klaren, daß der Idealzustand eines ist, die Wirklichkeit etwas anderes, und Pragmatismus ja auch eine Art von Vision. Was wir im Augenblick anbieten können, ist dieser Umschalter. Der hier.«

Der Gesprächige zeigt den Umschalter. Er sieht nicht viel anders aus als die Fernbedienung für einen Fernseher.

»Er sieht nicht viel anders aus als die Fernbedienung für einen Fernseher, nicht wahr? Aber er ist viel mehr.«

Die Frau antwortet nicht. Der Eloquente fährt fort:

»Ja, er ist viel mehr als das. Es ist ein Umschalter. Mit diesem kleinen Gerät kann sich jeder seinen Zugang zur Angst selbst installieren.«

»Aber ... hat Ihr Kollege nicht gerade die Angst installiert?«

Der Gesprächige lächelt nur milde. Die Rückfrage schmerzt ihn, doch er läßt sich nichts anmerken. In der Frage schwingt mit, daß die Installation der Angst ganz allein Sousas Sache sei und daß er die ganze Zeit nur geredet habe, während Sousa die ganze, harte, schmutzige Arbeit gemacht hat. Doch er ist durch und durch Profi, der Gesprächige.

Und das ist gut so, denn es ist ja nicht klar, ob die Frau in der Tat so gedacht hat. Es wäre lediglich möglich. Profi aber ist er auf jeden Fall:

»Die Installation der Angst, gute Frau, ist ein Prozeß. Dies hier ist nur der Anfang, die Phase, in der es noch auf uns selbst ankommt. Wie Sie bald sehen werden, ist die Installation der Angst keine Aktion, sondern eine Flut von Prozessen, eine permanente (womöglich fortlaufende) Bewegung, die um so erfolgreicher ist, je mehr sich die Betroffenen daran beteiligen.«

Sousa schaut ausdruckslos herüber. Der Frau fällt auf, daß er etwas in seinen Taschen sucht. Zigaretten? Sie werden doch hier nicht rauchen? Was soll sie sagen, wenn der Mann sich eine Zigarette ansteckt? Was wird sie sagen dürfen, wenn der Mann sich eine Zigarette ansteckt?

Der Gesprächige reibt sich die Hände.

»Aber womöglich sind diese Ängste vor Ungeheuern, Hexen, vor Kesseln, in denen zerstückelte Menschen köcheln, krächzenden Raben, finsteren Zweigen, in denen der Wind lauter heult als ein Wolfsrudel, für ältere Menschen nicht mehr das Richtige. Nicht, daß Sie glauben, ich hielte Sie für ›älter‹. Sie sehen blendend aus, wohlgemerkt, haben sich gut gehalten, soweit ich das beurteilen kann.«

Sousa räuspert sich. Soll das Zustimmung sein oder ein Zeichen? Und falls es ein Zeichen ist, dann *für wen*? Sollte es Zustimmung sein – den Hals freibekommen von Schleim, der sich dort festgesetzt hat und sich nicht aus eigener Kraft löst –, gibt es zwei Möglichkeiten: Er ist genauso der Meinung, die Frau habe sich gut gehalten und sei noch recht ansehnlich. Genausogut aber auch, daß, wenn sie schon so attraktiv ist, sie vielleicht doch …

Die Frau sagt nichts. Denkt höchstens. Vielleicht. Interessant, wie die Angst die Gedanken lähmt. Und ebenso lustig, wie sie uns zum Denken anregt. Ziemlich lustig das alles, denkt sich die Frau (vielleicht). Aber wohin soll es führen?

Der Gesprächige lächelt:

»Sie denken vielleicht, diese atavistischen Ängste seien nur etwas für Kinder. Und wie sollten wir dem widersprechen? Der Kunde hat immer recht. Aber seien Sie versichert, wir haben auch Ängste für Erwachsene. So weit kommt es noch, daß die Installateure der Angst nichts für Erwachsene hätten. Es gibt sie. Und jede Menge. Und lassen Sie es sich gesagt sein, einige sind reichlich modern.«

Die Frau spürt Sousas Blicke auf ihrem Hauskittel. Sicher läuft ihr ein Schauder über den Rücken. Als wüßte er, daß sie darunter nichts anhat. Dieser stumpfe, gelangweilte Blick, allem gegenüber gleichgültig, was nicht dem eigenen Interesse dient, wie der eines Krokodils, das gelangweilt auf die Antilope lauert, die zum Wasserloch kommt. Als wollte er sie mit seinem Blick ausziehen.

Nicht ausziehen, nein.

Eher, als sei sie bereits entkleidet.

»Ja«, sagt der Gesprächige. »An Ängsten für Erwachsene mangelt es nicht. Und Sie werden sehen, sie sind eine wahre Pracht.«

Sie leben in einer Siedlung, die früher einmal ein Stadtviertel war, aber heute nur noch eine Art Geisterstadt ist, ein Meer aus Häusern, durchzogen von breiten Verkehrsadern. Nachdem vor Jahren ein Viadukt gebaut wurde, ist die Gegend so gut wie tot. Die Geschäfte sind abgezogen, und übrig ist nur noch eine karge, abweisende Schlafstadt, eine Szene wie im Wildwestfilm, wo der Wind diese Strauchkugeln über den Asphalt weht, auf dem so gut wie keine Autos mehr fahren. Leute leben durchaus noch dort, doch die verlassen ihre Häuser nur noch durch die Garage, kaum jemand wagt sich zu Fuß auf die Straße – wohin auch? Wozu? Die Cafés sind eigentlich alle geschlossen, die Geschäfte sind weg, überall hängen Schilder »zu verkaufen«, »zu vermieten«, »ab sofort frei«, doch wer will schon ein Geschäft mitten im Nirgendwo aufmachen, umgeben von nichts als Häusern und Häusern und Häusern? Es gibt kaum etwas Trostloseres als eine breite Verkehrsstraße, auf der keine Autos fahren. Der Viadukt hat das Stadtviertel ruiniert und zur »Stadt« gemacht – einer Geisterstadt. Wie diese verlassenen Städte irgendwo im Grenzgebiet, aus den Zeiten des Goldrauschs, die nun menschenleer und verlassen vor sich hin vegetieren, mit Häusern die nur noch Gerippe sind.

Sie leben in diesem Stadtviertel und kommen sich vor wie der letzte Bewohner der Erde, wie in einem Zombiefilm. Es gibt durchaus noch Bewohner, aber die sind kaum mehr als Schatten, sie sind nicht wie Sie, ihnen ist nicht zu trauen, sie sind gefährlich. Ihre Verhaltensweisen sind Ihnen fremd, alte Gebräuche, sie tragen das Böse in sich. Sie sind sicher kein Menschenfeind, glauben Sie, und erst recht kein Rassist, »fremdenfeindlich ist deine Mutter!« knurren Sie, wenn Sie bezichtigt werden, so zu denken. In Gedanken zumindest, im Kopf. Selbstzensur, denn man darf ja nichts mehr laut sagen, heutzutage muß alles politisch korrekt sein, und man darf nicht laut sagen, was einem auf der Seele liegt, man sagt besser nichts, denn man will ja nichts sagen, aber sie kommen mit leeren Händen und haben nichts, aber sie kriegen es ja hinten und vorne reingeschoben, als hätten sie hier das Sagen, als hätten sie hier das Sagen. Na toll.

Sie fühlen sich fremd und gefangen, verbannt. Fremd im eigenen Land, als wären die anderen hier zu Hause, man weiß überhaupt nicht mehr, wo man ist. Sie selbst sind hier geboren und aufgewachsen, aber Sie erkennen das Viertel nicht wieder. Es ist alles anders, die Geschäfte sind zu, es gibt nichts mehr zu kaufen, es gibt nur noch die alten Leute hinter verschlossenen Türen, die sich fürchten, auf die Straße zu gehen, oder Wohnanlagen mit Sicherheitspersonal vor der Tür, aus denen die Bewohner nur noch in gepanzerten Autos herausfahren; das Garagentor öffnet sich, über Kameras erkennen sie, ob die Luft rein ist, und ab geht es in Richtung Innenstadt, die Hochhäuser im Zentrum, verspiegelter Stahl, oder nach Süden über die Brücke, die es ja auch noch gibt.

Hier wohnen Sie und haben Angst. Haben Angst, denn wer hätte die nicht? Ein Asphaltdschungel, eine Wüste, menschenleere Straßenschluchten. Doch die Einöde trügt. Die Straßen sehen nur aus wie menschenleer. Erst gestern wurde eine ältere Dame im Treppenhaus vor ihrer Wohnung vergewaltigt. Sie hat den entscheidenden Fehler begangen, an der Haustür nach ihren Schlüsseln zu kramen, und das hat gereicht. Sie hat nach den Schlüsseln gekramt, anstatt sie bereits in der Hand zu haben, und da waren drei dieser Schmarotzer und stießen sie ins Haus und machten mit ihr, was sie wollten. Sie mußte ins Krankenhaus – oder hätte ins Krankenhaus gemußt, hätte sie den Mut dazu gehabt und das Geld für die Praxisgebühr. Aber sie hatte den Mut nicht, blieb im Treppenhaus liegen, verletzt, schleppte sich schluchzend die Treppen hinauf, Schmerzen im Körper, Schmerzen in der Seele, mißbraucht und gedemütigt von ein paar Schmarotzern, die nicht einmal richtig Portugiesisch können, sie nicht einmal ausgeraubt haben, nur so zum Spaß, einfach aus Bosheit. Eigentlich hat sie ja sogar noch Glück gehabt, denn sie haben sich nicht mal die Mühe gemacht, nach Schmuck, Gold oder Bargeld zu suchen, weil sie schon gleich erkannt haben, daß sie zwar hier wohnt, aber das nur, weil sie schon lange hier wohnt, seit der Zeit, als das hier noch ein anständiges Viertel war, noch bevor die Reichen hierher gezogen sind und dann, nachdem die wieder fort waren, die Armen. Darauf hatte sich die alte Dame verlassen: Man würde ihr schon ansehen, daß sie keine Wertsachen hatte, daß sie nichts Wertvolles im Haus hatte, das eine oder andere vielleicht irgendwo versteckt, auf die Banken kann man sich heute ja auch nicht mehr verlassen, aber sie hat nicht bedacht, daß die Menschen zu allem fähig sind, es sogar Schweine gibt, die einer alten Frau so etwas antun. Man hat ja keine Ahnung, ob das bei denen normal ist, ob das dort, wo die herkommen, üblich ist, die gehen ja nicht so mit den Dingen um, wie wir das tun. Da, wo die herkommen, herrscht Grauen.

Woher Sie das alles wissen? Sie wissen es und noch viel mehr. Sie wissen mehr, als Sie aussprechen können. Sie sehen, Sie wissen das alles, Sie schauen ja Nachrichten und lesen Zeitung. So etwas weiß man einfach.

Und weil Sie es wissen, haben Sie Angst.

Schauen Sie, sehen Sie mal aus dem Fenster. Keine Sorge, Sie können ruhig schauen, man kann Sie von draußen nicht sehen. Schauen Sie durch die Gardinen. Sehen Sie dort an der Ecke? Ich weiß, dort erkennen Sie gar nichts. Schauen Sie noch einmal genauer. Es ist nicht ganz einfach, sie verschwinden in der Dunkelheit. Na also, jetzt sehen Sie sie, richtig? Dort stehen sie und warten, geduldig wie Raubtiere, und warten und warten auf jemanden, der einen Fehler macht.

Sie.

Der Gesprächige klatscht in die Hände:

»Da bleibt einem die Spucke weg, nicht wahr? Da fehlen einem die Worte.«

Die Frau sagt nichts. Was soll sie auch sagen? Der Gesprächige war ja gesprächig genug. Es gibt also nichts mehr zu sagen.

Ihr fehlen die Worte. Er dagegen hat noch genug Worte auf Lager:

»Aber gesetzt den Fall, Sie hätten auch für diese Art Angst gar nichts übrig, hätten gern eine andere. Sie haben ja Stil. Wenn man Sie anschaut, dann sieht man sofort, daß Sie eine Frau mit Stil sind. Sie sind ja nicht irgendwer. Sie sind eine Dame. Sie haben Format. He, Sousa, findest du nicht auch, daß die Dame Format hat?«

Wie zu erwarten war, sagt Sousa nichts. Nichts anderes hatte der Eloquente von ihm erwartet und fährt deshalb fort:

»Sie haben Format, Stil, wie man sofort sieht. Ganz sicher wollen Sie sich keine Xenophilie vorwerfen lassen, Sie ...«

»Xeno*phob*ie, Carlos«, korrigiert Sousa ihn.

Oho? In Gedanken kratzt sich die Frau am Kopf. Sousa sieht aus wie ein Tölpel, und nun korrigiert er seinen Freund. Obwohl er der Untergebene zu sein scheint, traut er sich, ihn zu verbessern.

Nebenbei erfährt die Frau so, daß der Gesprächige Carlos heißt. Sie hätte es vorher schon wissen können, denn er trägt ein Namensschild am Revers. Nur war die Frau ständig auf etwas anderes konzentriert: Seine Eckzähne, die ständige, unterschwellige Bedrohung durch ihre bloße Anwesenheit, die riesigen, derben Hände von Sousa, die trotzdem flink und geschickt sind und fähig, komplizierte technische Lösungen zu finden, die zweideutigen Worte, die wie irreführende Werbung behaupten, es sei alles gratis, aber in Wahrheit wird ihr etwas angedreht.

»Du hast recht, Sousa, Xenophobie«, lenkt Carlos, ganz Sportsmann, ein. »Wo war ich bloß mit meinen Gedanken? Ich war in Gedanken schon beim Geist der sechsten Ehefrau von Heinrich dem Achten. Apropos, wissen Sie, warum Heinrich der Achte so viele Frauen geheiratet und dann hat töten lassen? Nein?«

Die Frau antwortet nicht. Sie wird Carlos nicht den Gefallen tun, ihre Unwissenheit einzugestehen, oder – noch schlimmer – so tun, als müsse sie so etwas wissen.

»Er ließ sie töten«, fährt Carlos fort, »weil er einen Sohn haben wollte. Einen männlichen Thronfolger. Das war damals so. Man glaubte, nur ein Mann könne das Reich durch stürmische See steuern. Was Heinrich der Achte aber nicht wußte (die Wissenschaft war noch nicht so weit), war, daß es nicht an den Frauen lag, am *Receptaculum*, sondern an ihm, an seinem Samen. Er konnte nur weibliche Nachkommen zeugen! Im Grunde war der arme Heinrich ganz einfach nur eine geschundene Seele, kein Mörder.«

»Oder beides. Man kann auch beides zugleich sein. Sehr einfach sogar.«

Sousa schon wieder?! Der gutmütige Trottel schlüpft endgültig aus seiner Schale? Wie ein Reptil aus dem Ei. Unter der Schale schon vollständig ausgebildet, wie die Reptilien.

»Aber Ihnen ist sicher nicht nach Philosophieren zumute. Bitte entschuldigen Sie, manchmal überkommt es uns. Aber Sie müssen wissen, das ist für uns nicht einfach nur eine

Dienstleistung, es ist auch eine Leidenschaft. Nur so, das können Sie uns glauben, kann man in einem Beruf wirklich gut sein. Wenn man in ihm eine Berufung sieht. Ohne Berufung und Leidenschaft kann man seine Arbeit nicht gut machen. Unsere Leidenschaft für die Angst ist das Geheimnis unseres Erfolgs. Und Liebe. Viel Liebe. Sie glauben es vielleicht nicht, aber wir lieben unsere Kunden. Das ist eine Frage der Wirtschaftlichkeit.«

Sousa hüstelt. Oder räuspert sich. Oder gibt seinem Kollegen (durch Hüsteln oder Räuspern) ein Zeichen, daß es nun wieder Zeit ist, mit der Vorführung der Vorzüge ihrer Dienstleistung fortzufahren. Ob aus Wertschätzung gegenüber der Kundin oder um schnell zur Sache zu kommen und wieder gehen zu können, man weiß es nicht. Doch der gesprächige Carlos versteht den Wink.

»Apropos Wirtschaftlichkeit, es ist wieder Zeit, Ihnen eine unserer effizientesten und modernsten Dienstleistungen vorzuführen. Sehen Sie nur die Wertigkeit des Produkts. Ein echter Leckerbissen.«

Der Frau kommt es vor, als verwandelten sich die beiden vor ihren Augen in Varietékünstler. Hütchen, Jackett mit blauen oder roten Nadelstreifen, der unvermeidliche Stock, der beim Singen herumwirbelt.

Doch immerhin singen sie nicht. Das nicht, aber sie schweigen auch nicht.

»Sicher haben Sie schon von den Märkten gehört«, sagt der gesprächige Carlos.

»Die Märkte sind, ganz im Gegensatz zu den Menschen, emotional sehr empfindlich, müssen Sie wissen«, fügt Sousa hinzu.

»Und nervös, sehr nervös«, sagt Carlos.

»Geradezu neurasthenisch«, sagt Sousa.

»Die Märkte reagieren blitzschnell«, sagt Carlos.

»Die Märkte beobachten«, sagt Sousa.

»Die Märkte investieren«, sagt Carlos.

»Die Märkte glauben«, sagt Sousa.

»Die Märkte sind sensibel«, sagt Carlos.

»Die Märkte zweifeln«, sagt Sousa.

»Und wenn sie zweifeln ...«, sagt Carlos.

»... geraten die Märkte ins Schwanken«, sagt Sousa.

Die Frau erfährt, daß die Märkte wie Schiffe sind, die über die Wellen des Nordatlantiks stampfen, genau jenes Ozeans, von dem die Titanic verschluckt wurde: mächtige, kalte Gewässer, die sich (wenn sie gereizt werden) zum Strudel zusammenbrauen. Und wenn die Märkte das Boot sind, sind sie zugleich auch das Meer und der Himmel, die Atmosphäre, deren Schwankungen, Strömungen, und die Eisberge, von denen die Schiffe (die mächtigsten Dampfer wie Euro, Dollar, Mark, Pfund oder Yuan) gerammt werden könnten. Die Märkte sind überall, sind sämtliche Elemente und, wenn es sein muß, auch (seltsamerweise, fast wie von Zauberhand) nirgendwo.

»Wir stehen vor einer Wand, und da sehen wir ihn, den Markt, und im nächsten Augenblick – puff! – ist da wieder nur eine Wand. Und im nächsten Moment scheint sich der Boden zu regen und über uns hinauszuwachsen wie eine unsichtbare Hand, die uns einen Schauer über den Rücken jagt, und wir spüren, daß jemand (oder etwas) unmittelbar hinter uns steht. Wir versuchen zu kämpfen, zu widerstehen, eine Verteidigungslinie aufzubauen, aber ...«

»Wie kämpft man gegen ein Phantom?« sagt Carlos.

»Ein Phantom, das jeden Moment wieder auftauchen kann, in jedem beliebigen Gegenstand, jedem Ding ...« ergänzt Sousa.

»Lebendig oder unbelebt ...«

»Und sich auf uns stürzen.«

»Unmöglich.«

»Als sei man mitten in einer Schlacht und wüßte nicht einmal, aus welcher Richtung die Kugeln kommen.«

»Man hört nur das Pfeifen der Geschosse.«

»Und wenn man schließlich ein Loch findet, in das man sich verkriechen kann ...«

»Wird es nur schlimmer. Vom offenen Feld gerät man in die Höhle des Löwen.«

Und die Frau lernt: In einer Welt, in der jedes Ding einen Namen hat, sind die Märkte die perfekt anonymen Gesellschafter.

»Schön an den Märkten ist nicht nur, daß man nie weiß, wer sie sind.«

»Sondern, daß es sie nicht einmal geben muß.«

»Sie sind ein Gerücht.«

»Ein Rauschen.«

»Es tut nicht weh.«

»Aber stört.«

»Die Märkte sind eine Quecksilbersäule.«

»Ein Gyroskop.«

»Winzige Schwingungen weisen auf möglicherweise entsetzliche Dinge.«

»Die Märkte sind flüssiges Nitroglyzerin in einem dünnwandigen Reagenzglas in der Hand eines betrunkenen Jungen, der zum ersten Mal Auto fährt.«

»Und einer sagt: Vorsicht, das ist gefährlich!«

»Aber zu schreien, daß es gefährlich ist, kann das Sonett nur verschlimmbessern, wie es im Sprichwort heißt.«

»Was ein Sonett ist, wissen Sie, oder?«

Und der wortgewandte Carlos erläutert der Frau, was ein Sonett ist. Das nimmt ein bißchen die Spannung, wofür die Frau vielleicht sogar dankbar ist. Ein Sonett ist eine in der Renaissance entstandene lyrische Form aus 14 Verszeilen, zumeist im Reimschema ABBA ABBA CDC DCD, sowie einer logischen Sequenz, die sich erst im letzten Terzett auflöst.

Sousa nimmt den Gesprächsfaden wieder auf:

»Wenn es um Makroökonomie geht, genügt schon ein einziger falscher Schritt.«

»Ganz genau«, bekräftigt Carlos, »ein falscher Schritt kann zuviel sein. Übrigens genauso im Umgang mit Angst. Ein falscher Schritt kann zuviel sein.«

»Entscheidend.«

»Zu viel. Sousa, machst du bitte das Licht wieder aus?«

Sousa löscht das Licht. Nun steht die Frau mit den Männern im Dunkeln.

»Bisweilen«, sagt Carlos, »lernt man die Angst mehr zu schätzen, wenn man vollkommen im Dunkeln steht.«

»Und nichts sieht.«

»Und ein einziger falscher Schritt reicht.«

»Entscheidend ist.«

»Ein falscher Schritt kann entscheidend sein.«

»Tödlich.«

»Fatal.«

»Ein Schritt zuviel kann zuviel sein.«

»Wie aber soll man das wissen, wenn man nichts sieht?«

»Wo geht es entlang, wo geht es hinaus?«

»Wir sind wie gelähmt.«

Auch wenn sie nichts sehen kann, glaubt die Frau ihre Stimmen unterscheiden zu können. Die sanfte, vertraute scheint Carlos zu gehören:

»Ich will Ihnen ein Geheimnis verraten. Die Märkte gibt es überhaupt nicht.«

»Es hat sie nie gegeben«, ergänzt Sousa.

»Wie Götter.«

»Legenden.«

»Märchen.«

»Wie schon der Dichter sagt: ›Mythos ist das Nichts, das alles ist.‹«

»Wenn Sie jemanden einschüchtern wollen ...«

»Löschen Sie einfach das Licht.«

»Man muß nur das Licht ausmachen.«

»Das ist die halbe Miete.«

»Schon liegt alles im Dunkeln.«

»Wozu braucht man Polizei auf den Straßen und Panzer, wenn man bloß das Licht löschen muß?«

»Das Licht löschen und flüstern.«

»Raunen.«

»Die Wände werden zu einer Küste des Raunens.«

»Ein Raunen zieht durch den Raum.«

»›Die Märkte sind verunsichert.‹«

»›Verlangen nach strukturellen Reformen.‹«

»›Es müssen Opfer gebracht werden.‹«

»›Mehr schmerzhafte Reformen.‹«

»›Die Wirtschaft ankurbeln.‹«

»Und im Nullkommanichts, meine Dame, ist uns, als befänden wir uns in einem dieser Dokumentarfilme über die Mayas und Inkas.«

»An keiner Ecke ein Freund.«

»Kein Schatten mehr unter den Eichen.«

»An jeder Ecke Haruspices.«

»Jawohl, Haruspices.«

»Und in jedem Gerücht eine Drohung.«

»In jedem Raunen ein schlechter Rat.«

»Die Märkte benötigen, brauchen, verlangen.«

»Nur eines ist wahr, meine Dame.«

»Früher oder später werden wir Opfer bringen.«

»Um der Krise zu begegnen.«

»Opfer ist ein heiliges Wort, meine Dame.«

»Das einzige, das den Zorn der Götter besänftigen kann.«

»Nichts geht über ein ordentliches Menschenopfer.«

»Jetzt werden Sie sagen: Aha, aber ich will keine Menschen opfern.«

»Das sagen Sie jetzt, meine Dame.«

»Wenn die Angst installiert ist, weht ein anderer Wind.«

»Und fertig installiert ist die Angst sowieso nie ...«

»Ohne die Angst vor der Unsicherheit der Märkte.«

»Angst, die Märkte zu verunsichern.«

»Verunsicherte Märkte wollen Sie nicht erleben, das garantieren wir Ihnen.«

»Wenn sie verunsichert sind, schlagen die Märkte um sich.«

»Und wenn man dann merkt, daß es einen selber betrifft, meine Dame ...«

»Ist uns das Hemd näher als die Hose.«

»Eine Frage des gesunden Menschenverstands.«

»An dem Satz ›es ist kein Geld da‹ gibt es wenig zu deuten.«

»Es ist kein Geld da. Die Kassen sind leer.«

»Wir müssen an die Goldreserven ran.«

»Das Tafelsilber.«

»Den Schmuck und den Ringfinger dazu, wenn es sein muß.«

»Nur eines ist sicher.«

»Rettungsboote gibt es nicht für alle.«

»Das ist die bittere Wahrheit.«

»Man muß Menschen opfern, um die Menschen zu retten, die zu retten sind.«

»So sieht es nämlich aus.«

»Und es braucht den politischen Mut, diese Opfer zu bringen.«

»Ohne Demagogie.«

»Ohne Populismus.«

»Die Leute verstehen es nicht.«

»Sie denken nur immer an sich.«

»Wenn die Polizei ihre Wohnungen stürmt, um ihre Kinder zu holen, denken die Leute nur an sich.«

»Sie verstehen nicht, daß es für den, der die Entscheidungen trifft, genauso hart ist wie für den, den die Entscheidung trifft.«

»Wir alle müssen Opfer bringen.«

»Manche am eigenen Leib.«

»Andere, indem sie unpopuläre Entscheidungen treffen.«

»Niemand stirbt gern.«

»Typisch menschlicher Egoismus.«

»Niemand will hungern.«

»Niemand will Opfer bringen.«

»Aber irgendwer muß sterben.«

»Irgendwer muß hungern.«

»Der Kuchen reicht nicht für alle.«

»Und sagen Sie nicht, daß der Kuchen nur besser verteilt werden müßte.«

»Das ist pure Demagogie.«

»Populismus.«

»So geht es nicht weiter.«

»Und Sie sind doch dafür, daß es weitergeht, oder?«

»Daher ist die Angst so ungeheuer wichtig.«

»Angst ist die pragmatische Seite der Metaphysik.«

»Oder pragmatisch gewordene Metaphysik.«

»So ist es nämlich.«

»Mit einem Wort ...«

»Angst ist Wirklichkeit.«

»Und bald auch in Ihrer Nähe ...«

»Die einzige Realität.«

»Ein Summen im Ohr.«

»Eine Präsenz.«

»Eine Omnipräsenz.«

»So sieht es nämlich aus.«

Sousa macht das Licht wieder an. Die Frau und Carlos kneifen die Augen zusammen. Vielleicht hatte er schon gelächelt, bevor Sousa das Licht wieder anmachte, aber erst jetzt sieht die Frau, daß er lächelt.

»Verstehen Sie, verehrte Frau? Nach und nach wird, wie ein Wunder, aus dem Entsetzen vernünftige Logik. *That's the spirit!*, wie man so schön sagt. Nicht wahr, Sousa?«

Sousa gibt keinen Ton von sich. Carlos fährt fort:

»Angst betäubt. Angst läutert. Angst ist Heilung. Angst ist Schmerz. Angst ist Erleichterung. Angst ist Erfüllung. Sousa hier ist mein Zeuge. Noch vor nicht langer Zeit hat er von der Bank einen Kredit für eine Fettabsaugung angeboten bekommen. Die hätte er auch durchaus nötig, nicht wahr, Sousa?«

Sousa macht keinen Mucks, keinen Schnaufer, kein Geräusch. Aber er nickt.

»Wirtschaftliche Ängste sind wunderschön«, fährt Carlos fort. »Besser als wirtschaftliche Ängste ...«

Nun hakt Sousa ein:

»Ist nur ökonomische Panik.«

»Doch dazu braucht es Agenten der Angst, meine Dame«, sagt Carlos.

»Agenten der Angst, die auch lesen und schreiben können«, sagt Sousa.

»Und sprechen.«

»Sich gut verkaufen.«

»Der arme Sousa hier, es tut mir leid, das zu sagen ... He, Sousa, nimm es mir nicht übel, aber du kannst dich nicht sonderlich gut verkaufen.«

Sousa sagt nichts. Aber er scheint es dem gesprächigen Carlos auch nicht übelzunehmen.

»Es muß ja auch mal gesagt werden ...«

»Oder geschrieben ...«

»Ungefähr so: ›Die Europäer erleben zur Zeit eine Art Horrorfilm. Von allen Seiten strömt die Katastrophe auf sie ein.‹«

»Poetische Worte, meine Dame.«

»Prophetische Worte, prophetische Worte.«

Carlos und Sousa wirken längst nicht mehr wie gewöhnliche Menschen, so ereifern sie sich für ihre Diskussion. Sie wirken eher wie ... *Wissenschaftler.* Losgelöst von der Welt draußen. Die Diskussion, das Schachspiel, die Diskussion, das ist alles, das Schachspiel ist alles, die Diskussion und das Schachspiel sind alles. Als wäre die Frau gar nicht mehr da. Und hätte die Frau eine Ahnung von toten Dichtern, kämen ihr jetzt wohl die Worte des verstorbenen Dichters in den Sinn:

Wenn der König aus Elfenbein in Gefahr ist
Was kümmern da einen das Fleisch und die Knochen
Der Schwestern, der Mütter und der Kinder?

»Na ja, übertreiben wir nicht. So düster wollen wir die Angst vor der Wirtschaft nicht malen. Es ist nicht vergleichbar mit einer wirklichen Pandemie.«

Ein Virus, das durch die Luft schwebt. Unsichtbar, farblos, nicht zu spüren – bis es sich bemerkbar macht: Die Infektion beginnt meist auf die einfachste Weise. Jemand wurde in Thailand im Urlaub von einem Äffchen gebissen, in São Tomé von einer Mücke gestochen, von einer Pflanze geritzt bei einem Spaziergang durch exotische Landschaften. Als der Träger am Flughafen eincheckt, hat er noch keine Symptome, der Metalldetektor reagiert nicht. Erst im Flugzeug beginnt er zu husten. Es stört niemanden. Seit das Rauchen im Flugzeug verboten ist, wird die Luft seltener umgewälzt, um ein paar Groschen zu sparen. In der Konsequenz ist die Wahrscheinlichkeit, sich mit irgend etwas anzustecken, gestiegen (oder das ist nur ein Mythos, der von den Rauchern verbreitet wird). Erst gab es nur einen einzigen Träger des Virus – die Frau, die sich an einer Pflanze infizierte, das Kind, das vom Af-

fen gebissen wurde, der Mann, den eine Mücke stach. Nun, während des zehnstündigen Fluges, vervielfältigt sich deren Zahl. Als das Flugzeug landet, sind fast zweihundert Menschen betroffen, unfreiwillige Überträger einer tödlichen Seuche. Die Grenzkontrollen versagen ebenfalls bei der Identifikation der Symptome – die Beamten sind auf Koffer und Pässe und Angstschweiß fixiert, nicht auf erweiterte Pupillen. Bei der Ankunft hat ohnehin noch niemand erweiterte Pupillen oder kalten Schweiß, mit Ausnahme des ersten Trägers. Doch auch dieser passiert unbehelligt die Grenze. Und selbst wenn nicht: Das Virus hat sich längst vermehrt. In wenigen Stunden wird die Epidemie sich ausbreiten. Die Ausbreitungsgeschwindigkeit der Epidemie ist proportional zu ihrer Unsichtbarkeit. Erst in 36 Stunden wird einem Arzt die Zunahme von Patienten in der Notaufnahme auffallen. Ein paar Stunden später wird jemand die typischen Merkmale ausmachen: Erbrechen, kalter Schweiß, innere Blutungen.

Die Körper der Betroffenen lösen sich von innen heraus auf. Eine Frau lächelt, sagt zu ihrem Mann, es sei alles in Ordnung, sie sei nur ein wenig müde, wahrscheinlich der Jetlag, bricht auf dem Küchenfußboden zusammen, mit Zuckungen, als hätte sie einen epileptischen Anfall. Der Mann nimmt sein Handy und ruft einen Krankenwagen, der nach einer halben Stunde die Frau abtransportiert. Und der Mann weiß nicht, daß er selbst bereits infiziert ist und in ein paar Stunden ebenfalls die Symptome bekommen wird, wie die Frau, und an inneren Blutungen sterben unter entsetzlichen Schmerzen, die inneren Organe komplett aufgelöst.

Ein Kind, das in der Schule spielt. Normalerweise ist der Junge sehr quirlig, doch heute ist er auffallend ruhig. Die Lehrerin seufzt gar erleichtert. Sie ahnt nicht, daß der Junge den Tod höchstpersönlich in sich trägt und in Kürze die gesamte Klasse im Krankenhaus sein wird. Als die Lehrerin gerade etwas an die Tafel schreibt, kreischt ein Mädchen. Die Lehrerin dreht sich ärgerlich um: Warum können sie sich nie benehmen, wenn sie ge-

rade etwas an die Tafel schreibt? Eine rhetorische Frage, denn die Lehrerin weiß: weil sie gerade nicht hinschaut. Die Wut der Lehrerin verfliegt, als sie bemerkt, daß die Kinder erstarrt auf den Jungen am Boden zeigen, der sich in Zuckungen krümmt.

Ein Virus ist der schlimmste Feind, den man sich wünschen kann. Er greift uns von innen heraus an. Darin ähnelt er sehr dem Krebs, ist nur schneller und tödlicher und läßt uns nicht einmal die Hoffnung auf Chemotherapie. Viel zu spät. Er wird immer zu spät festgestellt. Er ist ansteckend. Hoch ansteckend. Er macht Ärzten angst. Anders als Krebs. Krebs ist nicht ansteckend. Ein Virus ist, selbst wenn der Arzt eine Schutzmaske trägt, eine Atombombe.

In nur sieben Tagen ist das Land in höchster Alarmbereitschaft. Doch die Quarantäne ist viel zu spät ausgerufen worden. Niemand weiß, wer tatsächlich befallen ist – außer, wenn bereits nichts mehr zu machen ist.

Die Regierung mobilisiert die Armee, um die Hauptausfallstraßen der Hauptstadt zu sichern. Doch viele Soldaten desertieren. Das Oberkommando, normalerweise die Ruhe selbst beim Abkommandieren von neuem Kanonenfutter, ist in Panik. Wie soll man gegen einen Feind kämpfen, den man nicht sieht, der keine andere Gestalt besitzt als man selbst? Einen Feind, der keinen Körper hat außer dem eigenen? Die Armee läßt Zelte für die Befallenen aufstellen. Die ersten Ärzte werden sofort infiziert – und sterben. Ein General erweist sich als Feigling. Ein anderer, der Angst bekommt, dasselbe über sich sagen zu müssen, jagt sich eine Kugel in den Kopf. Es herrscht blanke Panik. Soldaten schießen auf Zivilisten. Es ergeht der Befehl, Brücken zu bombardieren. Doch kein einziges Flugzeug hebt ab.

Das Land draußen, fernab von den Städten, ist dagegen noch relativ sicher. Die Abgeschiedenheit und Einsamkeit einiger Dörfer, über die sie immer klagen, erweist sich in dieser Situation als ein Segen. Die Landbewohner formieren sich zu Brigaden, um die Städter mit Gewehren auf Abstand zu halten. Eine Epidemie ist nicht der beste Nährboden für Altruismus. Es ist nicht dasselbe, wie einen Schiffbrüchigen zu retten oder einen Verletzten. Es ist das blanke Entsetzen. Es ist die Welt der lebenden Toten. Helfen heißt Sterben. Um in einer feindlichen Welt zu überleben, muß man selbst zum Feind werden. Es ist der einzige Weg. Traurig, aber es ist der einzige Weg.

Einige überleben das Virus. Aber das Virus ist auch darauf eingestellt. Technisch gesehen, ist ein Virus ein Vollidiot, nicht einmal ein Lebewesen, doch auch hochintelligent auf seine Weise. Ein Virus wirkt wie eine biologische Waffe. Vielleicht ist es das. Ziele und Herangehensweise sind präzise und hochökonomisch: Es findet einen Wirt, erledigt ihn, findet den nächsten Wirt.

Die UNO berät, was vor Tagen noch undenkbar schien: ein befreundetes Land mit Atombomben zu überziehen. Einige Millionen Menschen werden wohl sterben. Gewiß. Doch es geht hier um Güterabwägung.

In der UNO wird der Horror zur reinen Logik, ein einfacher Gedankengang: Einige (Millionen, nicht mehr) Menschen müssen sterben, damit die Menschheit überlebt.

»Zugegeben, der Vergleich mit der Pandemie hinkt, aber Ökonomie ist als Angst wirksamer. Tötet nicht, aber zermürbt.«

»Einverstanden. Zermürbt.«

»Mahlend.«

»Wie ein ständiger Schmerz.«

Für die Frau fast eine Erleichterung. Sie reden mit ihr, aber sie reden in Wirklichkeit nicht mehr mit ihr. Vertiefen sich mit wachsender Begeisterung in ihr Spiel, Brillenschlangen vor einem Spiegel, die zum ersten Mal trunken vor Glück die Faszination spüren, die von der Schlange auf das Kaninchen ausgeht.

»Stumpfer Schmerz, permanent, der nicht weggeht.«

»Ein Summen.«

»Chinesische Folter.«
»Chinesen. Auch eine brauchbare Angst.«
»Chinesische Wasserfolter.«
»Der berühmte Tropfen.«
»Stetes Tropfen auf den Kopf.«
»Eigentlich nichts.«
»Kaum zu spüren.«
»Aber dann ...«
»Nach und nach ...«
»Wird es Folter.«
»Deswegen heißt es ja so.«
»Folter.«
»Chinesische.«
»*Made in China.*«
»Nicht unbedingt dort erfunden ...«
»*Designed ...*«
»*In China.*«
»Unerträglich.«
»Unaufhörlich.«
»Man kann an nichts anderes mehr denken.«
»Genau.«
»Irgendwann hört man ganz auf zu denken.«
»Nur noch an den Tropfen.«
»Das Tropfen.«
»Tropfen für Tropfen.«
»Das Tropfen.«
»Tropft.«
»Tropfen.«
»Für Tropfen.«
»Für Tropfen.«
»Für Tropfen.«
»Tropfen.«
»Tropfen.«
»Immer wieder.«

»Und man kann an nichts anderes denken.«
»Nichts anderes mehr.«
»Nur noch Tropfen.«
»Das Tropfen.«
»Das einen wahnsinnig macht.«
»In den Wahnsinn treibt.«
»Tropfen für Tropfen.«
»Tropfen für Tropfen.«
»Tropfen für.«
»Tropfen.«
»Tropfen für.«
»Tropfen.«
»Plitsch.«
»Platsch.«
»Plitsch.«
»Platsch.«
»Plitsch.«
»Platsch.«
»Die reinste Folter.«
»Langsam.«
»Allmählich.«
»Gemächlich.«
»Macht sie uns fertig.«
»Von innen heraus.«
»Reine Kunst.«
»Perfekte Technik.«
»Die vollkommene Angst.«
»Von innen.«
»Ein Genuß.«
»Eine Pracht, Sie werden sehen.«

Demonstration

Lohnsenkung ist keine Politik,
sondern Notwendigkeit.
António Borges

Die Männer machen Pause. Sind sie müde? Vielleicht. Sie sehen gar nicht so aus. Sie spulen nur ein fertiges Programm herunter, das sie in der Ausbildung auswendig gelernt haben und das in der Praxis dann zur Routine geworden ist. Man kann ihnen ansehen, daß sie als Team funktionieren, ein gutes Team. Wenn es Konflikte gibt, was normal (und sogar heilsam) ist unter Kollegen mit Verkaufstalent, spricht kein Anzeichen dafür, daß etwas nicht rund läuft; es kommt in den besten Teams vor. Doch da ist noch mehr: Die Jungs (*Jungs* ist der richtige Ausdruck bei *Teams*) spulen nicht nur ihr Tonband ab, sondern man sieht, daß sie selbst glauben, was sie erzählen. Bei Sportlern würde man sagen, sie bringen es selbstbewußt rüber und glauben daran. Das Wichtigste: Was man rüberbringt, muß man selbst glauben.

Sie sind müde. Oder sie lassen die Frau kurz verschnaufen. Ein wenig Ruhe. Zeit zum Nachdenken.

Bis der gesprächige Carlos, anscheinend erholt, wieder beginnt:

»Ich weiß nicht, ob Sie verstehen, kann sein, daß Sie es auch nicht ganz verstehen, aber unser Produkt ist genau das, was die Franzosen *la pièce de résistance* nennen.«

»Mit anderen Worten«, sagt Sousa mit anderen Worten: »Es ist wahrscheinlich das beste Produkt, das wir im Sortiment haben.«

Der gesprächige Carlos schaut der Frau in die Augen. Ja, wie die Brillenschlange, die einen Vogel hypnotisieren will (und auch hypnotisiert):

»Vielleicht nicht unbedingt das furchterregendste, gebe

ich zu. Aber an Schönheit, keine Frage, kann es sich, wenn Sie gestatten, mit der ungebrochen schönen Schönheit der Frauen messen.«

Sousa grinst von einem Ohr bis zum anderen. Seine gierigen Augen strahlen begeistert.

»Vielleicht die verästeltste aller Ängste«, ergänzt Carlos.

»Im besten Sinne des Wortes«, fügt Sousa hinzu.

»Im besten Sinne. Denn sie verzweigt sich.«

Sousas Lippen hängen fast schon wie Ohrringe an seinen Ohren.

»Im besten Sinne.«

»Und sie umspielt uns«, sagt Carlos, »nimmt uns wie eine Krake in ihre verästelten Arme, drückt uns, bis uns ganz warm wird oder wir keine Luft mehr bekommen.«

»Ach«, Sousa befeuchtet sich mit der Zunge die Lippen. »Eine Angst, die nach mehr schmeckt.«

Die Frau sagt nichts. Was gibt es da schon zu sagen?

Wie Hologramme schweben nun Blasen mit Ausdrücken durch die Luft:

Dringender Handlungsbedarf
Unter Berücksichtigung
Entschlossene Maßnahmen
Herausforderungen
Tatsache
Tatsache ist

Lösungen
Keine Tabus
liebgewonnene Egoismen

Reformen
Zukunft
Reichtum
Frieden
Vaterland
Absicht
Strukturell

Tatsache ist
Entschlossene Maßnahmen
Unter Berücksichtigung
Alternativlos
nter Ber
gung rücksichti

Finanzkrise
Strukturelle Reformen
Schmerzhafte Einschnitte
Wir schließen

Opfer
Land
Schaffen
Wert
Notwendig
Kosten
Unpopulär

Kosten
Initiative
Lösungen
Tabu

ReformenZukunftReichtumFriedenVaterlandNotwendig
StrukturellOpferLandSchaffenWerteNotwendigKosten
SchmerzhaftInitiativeLösungenKeineTabusEgoismenUnzeit-
gemäßPersonalpolitikKostenDynamikFinanzkriseStrukturelle
ReformenUnpopulärSchließenHandlungsbedarf Unter
BerücksichtigungUnpopulärMaßnahmenHerausforderung
UnterBerücksichtigungTatsacheIstFaktIstMutUnterBerück-
sichtigungUnzeitgemäßUnterBerücksichtigungDringender
EffektivRealismusUnterBerücksichtigungEffektivInDerTatUnter

»Keine Sorge. Nach und nach ...«
»Langsam ...«
»Kommt alles ins Lot.«
»Man muß Geduld haben.«
»Geduld ist das Wichtigste.«
»Geduld und Opferbereitschaft.«
»Wir bitten um Entschuldigung für die Unannehmlichkeiten, die Verwirrung wird in wenigen Augenblicken bereitgestellt.«
»Sehen Sie, es ist einfacher, als es scheint.«
»Die ›Krise‹ ist jederzeit ›ökonomisch‹.«
»›Reformen‹ sind stets ›strukturell‹.«
»Die ›Zukunft‹ wird immer ›besser‹ sein.«
»Oder ›für unsere Kinder‹.«
»›Maßnahmen‹ sind ›notwendig‹.«
»Wären sie es nicht, wären es keine Maßnahmen, herrje.«
»Es gibt keine Alternative.«
»Niemals.«
»Wir handeln immer über unsere Alternativen.«
»Politik machen andere.«
»Es ist keine Politik, was wir machen.«
»Unsere Politik ist die Tugend.«
»Unsere Politik ist die Arbeit.«
»Unsere Politik ist die Angst.«
»Es gibt Ideologen und Realisten.«
»Wir sind Realisten.«
»Die Realität ist auf unserer Seite.«
»Brauchen Sie Beweise? Dann schauen Sie diesen Film.«

Der gesprächige Carlos wendet sich wieder der Frau zu und grinst übers ganze Gesicht:
»Sie verstehen nur Bahnhof, nicht wahr?«
Die Frau sagt nichts. Was soll sie auch sagen?

»Keine Sorge, genau darum geht es«, lächelt Carlos fein und wissend. »Es gehört zum Plan.«

»Es gehört zur Schönheit unseres Konzepts«, ergänzt Sousa, wobei nicht ganz klar ist, ob er damit Carlos verbessern oder dessen Worte nur verdeutlichen will.

»Ja, die Schönheit des Konzepts ist das Wichtigste«, gibt Carlos zu. »Verstehen Sie, meine Dame, die Installation der Angst ist ein Prozeß der Zusammenarbeit. *Ein Prozeß.* Selbst im ausgeschalteten Zustand sollte die Angst funktionieren.«

»Einfach da sein«, ergänzt Sousa. »Stets gegenwärtig.«

»Also hier«, sagt Carlos und tippt sich an den Kopf.

»Hier«, sagt Sousa und legt eine Hand flach auf seinen Brustkorb.

»Und natürlich auch hier«, faßt sich Carlos lachend in den Schritt.

»Und hier«, sagt Sousa und faßt der Frau (leicht) an den Hintern, die, weil sie es nicht erwartet hatte, erschrickt.

Allerdings nicht allzusehr. Die Frau, das muß ehrlicherweise gesagt werden, erschrickt nicht besonders, als Sousa ihr mit der Hand (leicht) an den Hintern faßt.

Carlos, der Gesprächige, spricht:

»So, nun dürfen Sie fragen.«

Sousa, der Gehilfe, hilft nach:

»›War es das?‹«

Carlos, der Wortgewandte, spricht wortgewandt:

»Und wir antworten.«

Sousa, der gute Gehilfe:

»›Moment. Da fehlt doch was.‹«

Carlos:

»›Da ist noch mehr drin.‹«

Sousa:

»›Und besser als gut, herrlich, großartig.‹«

Carlos jubelt:

»Jawohl.«

Sousa fällt ein in den Jubel:
»Ja.«
Carlos:
»Werden wir Ihnen antworten.«
Sousa:
»Und das ist nichts als die reine Wahrheit.«
Carlos:
»Da geht noch mehr.«
Sousa:
»Und besser.«
Die Frau sagt nichts. Was soll sie auch sagen? Nichts. Vor allem nicht, während sie jubilieren:
»Das Geheimnis ist die Sprache.«
»Der *Spread.*«
»*Downsizing.*«
»Sprache.«
»Die Volatilität.«
»Der Wertzuwachs.«
»Die niedrigschwelligen Variablen.«
»Die Stadiongötter.«
»Der Müll.«
»Es tut mir leid, Ihnen sagen zu müssen, daß Ihre Aktien auf Ramschniveau sind.«
»Ihre Aktien als Mensch, wohlgemerkt.«
»Ihr Humankapital.«
»Alles andere steht Gott sei Dank noch ganz gut.«
»Was dachten denn Sie, gnädige Frau?«
Sarkastisches Lachen. Augenzwinkern. Wir sind echt gut.
»Sousa hat recht, meine Dame. Das Geheimnis liegt in der Sprache.«
»Komplizierten Ausdrücken.«
»Englischen Worten, rauh und geschliffen.«
»Wie englische Werkzeuge.«
»Englische Rätsel.«

»Der Code ist der Schlüssel.«
»Der Schlüssel ist das Geheimnis.«
»Das Geheimnis ist immer der Teig.«
»Der Teig heiligt die Mittel.«
Carlos prustet los:
»Hihi. Teig heiligt die Mittel. Das ist lustig, bitte entschuldigen Sie.«
Sanchopansesk sekundiert Sousa:
»Und ohne Mittel geht nichts, nicht einmal Teig.«
»Hihi.«
Carlos lacht sich schier tot. Ein Kind nach der Begegnung mit einem Serienmörder im Film könnte nicht toter sein:
»Sousa, hör' auf, ich kann nicht mehr!«
Sousa verstummt.
Carlos ringt um Fassung:
»Bitte entschuldigen Sie. Aber das war zu lustig.«
Sousa erklärt:
»Die Sprache. Unser Umgang mit Sprache.«
Carlos lacht Tränen:
»Diese zweideutige Sprache.«
»Dreideutig.«
»Die Sprache als Geisterbahn.«
»Harmlos beginnen, so tun, als ob nichts wäre, Fachbegriffe verwenden, die niemand kennt ...«
»Und dann muß man die Leute nur noch dazu bringen, daß es ihnen peinlich ist ...«
»Nachzufragen, was all diese Worte bedeuten.«
»*Benchmarking.*«
»*Spread.*«
»*Downsizing.*«
»*Layoff.*«
»*Made off.*«
»*Subprime.*«
»*Cut.*«

»*Rimming.*«
»*Strangling.*«
»*Fucking.*«
»*Downfucking.*«
»*Dogkilling.*«
»*Meatgrinding.*«
»*Cruelling.*«
»*Crushing.*«
»*Creaming.*«
»*Screaming.*«
»*S-creaming.*«
»Worte, die man sich aufs Brot schmieren kann.«
»Brot, für das man die Beine breit macht ...«
»Worte, die auch aus der Werbung sein könnten.«
»Guter Werbung.«
»Gelungen. Geglückt.«
»Glücklich.«
»Wie die unvermeidlichen Zufriedenheitsindizes.«
»Lächelnde Schauspielerinnen. In Krisenzeiten wie diesen ganz leicht zu haben.«
»Die begnadetsten Grinsegesichter im besten Alter, überirdisch gesunde Zähne, Pullover lässig über der Schulter und ein pastellfarbenes Hemd mit aufgekrempelten Ärmeln.«
»Die reinste Freude.«
»Rein.«
»Wie reines Kokain, das erst noch gestreckt werden muß.«
»Reichlich verschnitten.«
»Jetzt machst du der Frau aber angst, Sousa.«
»Aber ja, das ist gar nicht mehr Wirtschaftsjargon, das ist schon die Sprache der Dealer.«
»Oder so.«
»Nicht, daß die Unterschiede sehr groß wären.«
»Sind sie nicht.«
»In Wirklichkeit ist da kein großer Unterschied.«

»Ein Beispiel für Sie. Klar und transparent.«
»Nur eins, denn wir wollen ja nicht übertreiben.«
»Wir wollen Ihnen nicht die Zeit stehlen.«
»Nein, wollen wir nicht. Nichts weniger als das.«

Das Zimmer dreht sich im Kreis. Wie eine Disco der siebziger Jahre mit Glitzerkugel an der Decke. Doch hier scheint der Raum selbst die Kugel zu sein. Die Worte kommen und kommen nicht aus den Mündern der Herolde.

(Die, wenn nicht betrunken, dann zumindest kurz davor sind. Oder nicht selbst betrunken. Vielleicht ist der Raum betrunken. Oder die Frau.)

Den ndari nsi nd ie Wieberfien hund aben rehct...

Etwas Fieberhaftes liegt im flackernden Taumel d d d d des Wohnzimmers

Anders ausgedrückt
Benchmarking
auf der Basis verläßlich
validierter Instrumentarien
ermöglicht uns
die Effektivität jeder Dienstleistung
zu objektivieren und
Erfolgswerte vergleichbar zu definieren
sowie Leistungslücken
zu lokalisieren.

»Die Leute merken es nicht, aber der Dow Jones hat um sechs Punkte nachgegeben, der Nikkei auch. Die Welt hat sich verändert, und die Leute merken es nicht. Es gibt keine Leute mehr und auch keine Welt, und die Leute (vielleicht, weil es sie nicht mehr gibt) merken es nicht.«

»Und wer die Welt zu verstehen versucht, ist ein Idiot. Welchen Sinn hätte es, etwas verstehen zu wollen, das es gar nicht mehr gibt?«

»Die Welt hat sich verändert. Doch wie kann eine Welt sich verändern, wenn sich die Leute nicht ändern? Oder wie kann eine Welt sich verändern, wenn es die Menschen nicht merken? Fakten sind Fakten, soviel ist sicher, und gegen Fakten kann kein Mensch und keine Welt etwas sagen.«

»Also ist es so.«

»Daten der Weltgeschichte: Pompeji, 79 nach Christus.«

»War nicht zu ahnen.«

»Nicht die Spur.«

»Daß man auf einem Vulkan schlummerte.«

»Titanic, 1912.«

»Niemand kam auf den Gedanken, auf einem schwimmenden Sarg zu tanzen.«

»Direkt auf einen Eisberg zu.«

»Anstatt nach Amerika.«

»Unterbewußtsein hat sehr viel Kraft.«

»Sarajewo, 1914. Kein Mensch ahnte etwas.«

»Kein Mensch konnte es ahnen.«

»Keine Spur einer Ahnung.«

»Berlin, 1939.«

»Keine Ahnung.«

»Niemand hat etwas gewußt.«

»Ja, es ist kaum zu glauben, aber es ist die reine Wahrheit.«

»Na ja, nicht ganz rein.«

»Die ganz reine Wahrheit ist tödlich.«

»Wie reines Kokain.«

»Oder ganz sauberes Heroin.«

»Niemand will sauberes Heroin.«

»Sauberes Heroin ist tödlich.«

»Die Wahrheit ist, daß in Pompeji ...«

»Niemand etwas geahnt hat. Oder nicht ahnen wollte.«

»Das läuft auf dasselbe hinaus.«

»Daß man am Rand eines Vulkans schläft.«

»Auf einem Vulkan.«

»Einem schlummernden.«

»Aber Vulkane erwachen.«

»Wie Albträume.«

»Erwachen.«

»Eines Tages wachen sie auf.«

»Wir glauben uns sicher, und in Wirklichkeit hocken wir auf einem Ungeheuer, das jeden Augenblick aufwachen kann.«

»Wie Flöhe im Fell eines Hundes. Das sind wir.«

»Flöhe im Fell eines Hundes.«

»Nur, daß die Flöhe im Prinzip wissen, daß sie Flöhe sind.«

»Und auf den Hund gekommen.«

»*Die Europäer erleben zur Zeit eine Art Horrorfilm. Von allen Seiten strömen Katastrophen auf sie ein. Die britische Regierung ließ für den Fall eines Zusammenbruchs der Eurozone und der daraus resultierenden Schockwellen bereits verlauten, daß Reisende aus der europäischen Peripherie mit empfindlichen Grenzkontrollen zu rechnen hätten.*«

Carlos scheint es für sinnvoll zu halten, inmitten des anhaltenden Chaos' pädagogisch zu sein:

»Der französische Premierminister zum Beispiel schwört, es sei ›nicht geplant, jemanden auszuschließen‹.«

»Schwört er. Also meint er das Gegenteil.«

»Dank der Installation der Angst wissen wir heute, daß Dementieren Bestätigung ist. Leugnen ist die Bestätigung.«

»Die einzige Art, etwas zu bestreiten, ist, gar nicht darüber zu reden.«

»Etwas zu benennen heißt, dessen Existenz anzuerkennen. Zeitungen bestreiten die nahende Katastrophe, aber damit benennen sie sie.«

»Die Amerikaner zum Beispiel. Schauen Sie mal nach Amerika.«

»Die Amerikaner benennen Wirbelstürme, Tiefdruckgebiete, Naturkatastrophen. Und menschlichen Dramen geben sie Nummern. Die Verwüstung von New Orleans war nach einer Frau benannt: Katrina; die Verwüstung der Zwillingstürme erhielt eine Nummer: 9/11. 14/18 ist etwas anderes als El Niño.«

»Kommen Sie mit?«

»Das perfekte Unwetter wäre wohl eine Kombination aus Ziffern und Namen in einem einzigen Wort.«

»Darf ich einen bescheidenen Vorschlag machen?«

»Natürlich, Sousa. Nur Mut, sei ein Mann.«

»Europa2018.«

»*Europa2018*. Das hört sich gut an. Gefällt mir. Ihnen etwa nicht?«

Die Frau sagt nichts. Sie weiß, daß die Frage rhetorisch ist. Sie hofft nur, das Kind wacht nicht auf. Aber nein. Es ist artig. Solange keiner der beiden auf die Toilette muß …

»*Spread ist, in einfachen Worten gesprochen, die Differenz zwischen dem gegenüber dem Kreditnehmer erhobenen Zinssatz und dem, welchen Bankkunden auf ihre Einlagen erhalten. Mit anderen Worten, die Differenz zwischen der Vergütung, die eine Bank für das Anlegen von Mitteln bei ihr zahlt, und dem, was dieselbe Bank dafür verlangt, daß sie dasselbe Geld verleiht.*«

»Das können Sie auf Wikipedia nachlesen.«

»Ein Blick in die Wikipedia.«

»Augen auf und an Wikipedia gespendet.«

»Sehen Sie.«

»*Unsicherheit auf dem Gebiet der Makroökonomie schlägt sich nieder in Unsicherheiten auf dem Gebiet der Mikroökonomie.*«

»Anders gesagt.«

»Oder genauso gesagt.«

»Das perfekte Unwetter.«

Auf einmal wird der gesprächige Carlos recht ernst:

»Man muß aber auch sehen, daß es nicht leicht ist. Die Märkte sind unsicher, das muß man verstehen. Währungen schwanken ständig, und Schwanken ist niemals gut. Alles, was schwankt, prallt früher oder später gegen einen Eisberg.«

Sousa übt sich in solidarischer Ernsthaftigkeit:

»Die Wirtschaft benötigt Impulse.«

»*Notwendige Reformen müssen umgesetzt werden. Lohnsenkung ist keine Politik, sondern Notwendigkeit.*«

»Sagen Sie selbst, ist das nicht wunderschön?«

»Die neuen Götter gehen in Schlips und Armani.«

»Wie könnte es auch anders sein.«

»Nein, die Geschäftsleitung bedauert, es darf weder Prada noch Calvin Klein, Hugo Boss, Zefirelli oder Klaus Nomi sein. Sondern Armani.«

»Armani, ein biblisches Wort. Fast ein Palindrom.«

»Von Inamrah.«

»Wußten Sie, daß Inamrah in bestimmten Geheimsprachen Heiligenschein heißt?«

»Die reinste kristallklare Unschuld, die man für Geld kriegen kann.«

»›Wir tun nur unsere Pflicht.‹«

»›Finanztechnische Instrumentarien.‹«

»›Notwendige Anpassungen.‹«

»›Das Merkblatt ersetzt nicht die ausführliche Lektüre des Kleingedruckten.‹«

»Das Hymen der Seele neu aufpoliert.«

»Die Wirtschaft gibt nach wie ein Dach unter dem immer stärker werdenden Regen. Die Wirtschaft gibt nach. Man kann schon die Risse erkennen, die Spannung, die Brüche. Die Wirtschaft gibt nach. Wie entsetzlich, sie gibt nach. Wir sind gefangen in einem geschlossenen Raum, und es gibt kein Entkommen. Wir werden ertrinken wie Ratten.«

»Leonardo DiCaprio, wo bist du, wenn man dich braucht?«

»Der Schrecken der Schrecken. Sich in einem versiegelten Raum zu befinden, der letztendlich doch nicht ganz dicht ist. Von oben dringt Wasser ein. Die Aussicht, zu ertrinken wie Ratten, nimmt selbst dem Selbstlosesten jeden Mut.«

»Oder noch schlimmer: zu ertrinken wie ein Mensch.«

Sousa wimmert und mimt auf beeindruckend realistische Weise einen Menschen in Panik:

»Ich will nicht wie ein Mensch sterben! Wenn ich schon sterben muß, dann bitte wie eine Ratte!«

Carlos lacht:

»Doch das Schicksal, das uns erwartet, ist nicht der Tod.«

»Sondern schlimmer.«

»Viel schlimmer.«

»Der Zusammenbruch der Technik.«

»Genau.«

»Wir werden unter ausfallender Technik begraben. Das Zinsniveau wird unerträgliche Höhen erreichen. Jahrzehnte-, jahrhundertelang werden wir Zinsen auf die erweiterten Hilfsleistungen zahlen.«

»Und die Zinsen wachsen schneller als der eigene Schatten.«

»Zehn Münzen am Tag sollst du an Zinsen bezahlen.«

»Sechs Münzen am Tag nimmst du ein.«

»Bleibst also vier Münzen schuldig.«

»Und schuldest am Tag darauf bereits vierzehn.«

»An Zins oder Zinseszins.«

»Das ist die Frage, mein Sousa.«

»Und du verdienst wieder sechs.«

»Schuldest also nun acht.«

»Und so weiter.«

»Am Ende der Woche, und so sehr du dich abmühst ...«

»Sind deine Schulden gestiegen.«

»Und das Risiko, sie nicht mehr bedienen zu können, hat sich verzehnfacht.«

»Genaugenommen ist das Risiko, sie nicht bedienen zu können, die Garantie dafür, daß man sie nicht bedienen kann.«

»Jedenfalls nicht mit Geld.«

»Aber es ging ja auch niemals um Geld.«

»Im Grunde ging es noch niemals um Geld.«

»Geld ist nichts als Ersatz.«

»Ein Double, ein Stellvertreter.«

»Ein Symbol.«

»Ein Trojanisches Pferd für die Jagd nach dem Schatz.«

»Den Verkauf, Ausverkauf alles Öffentlichen.«

»Des Besitzes.«

»Der Grundstücke.«

»Der Gebäude.«

»Des Goldes.«

»Des Körpers.«

»Des Lebens.«

»Der Expogelände.«

»Der Verfassung.«

»Der Stimme.«

»Des Nadelöhrs.«

»Der Menschlichkeit.«

»Wir hören buchstäblich auf zu *sein*«, sagt Carlos, »und sind von da an auf Hilfe angewiesen.«

»Von außen«, fügt Sousa korrigierend hinzu.

Für eine Nanosekunde scheint Carlos ins Wanken zu geraten:

»Wie bitte?«

»Nein«, sagt Sousa. »Schulden kennen kein Erbarmen.«

»Sousa, ich kann dir nicht folgen.«

»Von außen. Die Hilfe. Die Hilfe kommt immer von außen.«

Carlos versteht:

»Ach so, ja. Du hast recht. Bitte entschuldige. Mein Fehler.«

»Hilfe von außen und Kapitalspritzen und galoppierende Schulden und Downgrading des Ratings und die Unsicherheit der Märkte und das vermeintliche Setzen auf Wachstum und Strukturanpassungsfonds, deren geheime Funktion die Zerschlagung von Strukturen ...«

Carlos nachdenklich:

»Wie in dem Batman-Film.«

Nun ist Sousa dran mit »Wie-bitte?«-Sagen.

»Es gibt einen Batman-Film, in dem Max Schreck ankündigt, Gotham City mit Energie aus seiner Fabrik zu versorgen. Aber in Wirklichkeit saugt sie der Stadt Energie ab.«

»Ach so, natürlich. Wo war ich nur mit meinen Gedanken?«

»Etwas zu verkünden und das Gegenteil davon zu tun braucht eine gehörige Portion Verve, meine Dame.«

»Ein bißchen wie das, was im Augenblick ständig passiert. Ist Ihnen bestimmt schon aufgefallen.«

»Eine Abteilung zu schließen und ein Schild an die Tür zu hängen: *Wir schließen, um unseren Service für Sie zu verbessern.*«

Sousa nickt:

»Oder die Welt in Angst und Schrecken zu versetzen und dann zu sagen: Keine Sorge, es war nur ein Manöver ...«

Carlos nimmt wieder den Faden auf:

»Oder Rotkäppchen fragt: Großmutter, warum hast du so große Augen?«

Sie wären phantastische Synchronschwimmer, denn Sousa fügt nahtlos hinzu:

»Damit ich dich besser sehen kann.«

»Großmutter, warum hast du so eine große Nase?«

»Damit ich dich besser riechen kann.«

»Und warum hast du so große Zähne, Großmutter?«

Und warum hast du so große Zähne, Großmutter? Und warum hast du so

Der gesprächige Carlos verdeckt ihr die Sicht. Irritiert von dem plötzlichen Lichtwechsel, reibt sich die Frau die Augen. Der Gesprächige zeigt seine Handflächen her. Leer, und auch diese Hand, leer ...

»Großartig, finden Sie nicht? Eine der schönsten und vollkommensten Ängste, die es nur geben kann. Angst, die aus sich selbst entsteht. Man braucht die Wirtschaftskrise nur zu beschwören, und als Nebeneffekt (ich würde gar Haupteffekt sagen) entsteht eine Wirtschaftskrise.«

Sousa greift ein:

»Wahr ist aber auch ...«

Carlos, der Wortgewandte, lächelt:

»Ja, die wirtschaftliche Situation ist besorgniserregend.«

Merkwürdig, aber Sousa scheint nun kursiv weiterzureden:

»*Ein Austritt aus der gemeinsamen Währung scheint immer wahrscheinlicher.*«

»Das wird Konsequenzen haben.«

»*Unsere Ausgaben übersteigen unsere Möglichkeiten.*«

»Dafür zahlen wir nun.«

»*Wir haben Straßen gebaut, die wir nicht brauchten.*«

»Wir? werden Sie fragen.«

»*Jawohl, wir,* antworten wir.«

»Die Märkte haben uns das Vertrauen entzogen.«

»*Und das zu Recht.*«

»Recht haben sie.«

»*Die Märkte irren sich nie.*«

»Die Märkte sind irrational.«

»*Aber sie haben recht.*«

»Eine Freude.«

»*So ist es.*«

»Mutige Entscheidungen müssen her.«

»*Unpopuläre.*«

»Die Leute begreifen nicht.«

»*Nein, sie begreifen nicht.*«

»Sie begreifen nicht.«

»*Welche Opfer wir für sie bringen.*«

»Und der Schrecken des Krieges.«

»Hinter jeder großen Krise steht immer ein großer Krieg.«

»Oder umgekehrt.«

»Umgekehrt kann man das auch sehen. Hinter jedem großen Krieg steht eine große Krise.«

»Und wieder kommen die Russen.«

»Oder die Chinesen.«

»Oder die Terroristen.«

»Die Eskalation des Konflikts ist nicht aufzuhalten.«

»Es werden schon wieder die Grenzen geschlossen.«

»*Love is in the air ...*«

»*Fear.*«

»Wie bitte?«

»*Fear. Fear is in the air.*«

»Natürlich, du hast recht. Ist Ihnen aufgefallen, daß man schon eifrig die Nationalhymne singt?«

»Allerdings ergeben sich auch Chancen.«

»Gelegenheiten, die sich eröffnen.«

»Eine Krise kann die Gelegenheit sein, strukturelle Reformen umzusetzen. Ein Paradigmenwechsel, verstehen Sie? Eine Revolution der Gewohnheiten.«

»Sich vom Ballast befreien.«

»Früher gab es die Pest.«

»Ihre reinigende Funktion.«

»In AIDS hatten wir einige Hoffnungen gesetzt.«

»Doch nur in Afrika hat es wunschgemäß funktioniert.«

»Sehr enttäuschend.«

»Nun, eine Kultur zu verändern ist nicht so einfach.«

»Nein, gar nicht leicht.«

»Die Menschen klammern sich an überkommene Werte.«

»Hoffen auf Unterstützung.«

»Das geht aber nicht.«
»Die Welt hat sich verändert.«
»Gesellschaft wird nach und nach durch Konzerne ersetzt.«
»Und ein Konzern darf, selbst wenn er wollte, keine Rücksicht auf das schwächste Glied nehmen.«
»Auf den Ballast.«
»Überschüssiges Fett.«
»Wichtig ist im Grunde nur, daß die Menschen die Wahl haben.«
»Es zumindest glauben.«
»Wenn Sie Ihrem Kind Haferflocken zu essen geben, wird es sie wahrscheinlich nicht mögen.«

Der Frau läuft ein Schauder über den Rücken. Woher wissen sie, daß sie ein Kind im Haus hat? Doch dann atmet sie auf. Sie führen ja nur ein Produkt vor. Vorläufig jedenfalls.

»Es schmeckt ihm nicht.«
»Nein.«
»Kinder mögen keine Haferflocken.«
»Aber wenn Sie es wählen lassen zwischen Kromomix und Galtynor ...«
»Und wenn ein Spielzeug in der Verpackung ist oder auf der Schachtel ein cooles Bild ...«
»Dann mag es.«
»Man hat ihm die Wahl gelassen.«
»Zwischen Kromomix und Galtynor ...«
»Und der Kleine hat sich entschieden.«
»Nicht nur für Haferflocken.«
»Sondern für eine Marke.«
»Eine *Marke.*«
»Eine Marke markiert, demarkiert.«
»Irgendwann wird er von einer Patek Philippe träumen ...«
»Anstatt auf Ideen zu kommen.«
»So stark ist die Macht der Marken.«

»Deswegen ist auch die Verpackung so wichtig.«
»Verpackung und Wahl.«
»Denn es wird schmerzhafte Reformen geben.«
»Unpopuläre.«
»Und es muß sichergestellt sein, daß die Leute das Richtige wählen.«
»Und für das Wohl aller.«
»Verstehen Sie. Es ist kein böser Wille.«
»Nein, kein böser Wille.«
»Wir stehen mit anderen Ländern im Wettbewerb ...«
»Anderen Kulturen ...«
»Wo Arbeit nur sehr wenig wert ist.«
»Fast null.«
»Weniger als null.«
»Und wenn wir mit diesen Ländern konkurrieren wollen ...«
»Diesen Kulturen ...«
»Müssen wir unser Land ändern.«
»Unsere Kultur.«
»Strukturreformen, verstehen Sie?«
»So ist es.«
»Unsere einzige Möglichkeit ...«
»Unsere einzige Chance ...«
»Ebenfalls den Wert der Arbeit zu senken.«
»Den Wert des Lebens.«
»Es muß sein.«
»Es muß sein.«
»Der Markt ist grausam und hat keinerlei Sympathie für Gefühle.«
»Zum Beispiel: Jemand braucht eine Dialyse, eine teure, regelmäßige Behandlung, die mehr kostet, als der Versicherte je eingezahlt hat.«
»Man kann diese Dienstleistung nicht länger anbieten.«
»Traurig, aber wahr.«

»Es gibt kein Geld.«

»Es ist kein Geld da.«

»Was an dem Satz ›Es ist kein Geld da‹ ist so schwer zu verstehen?«

»Es ist kein Geld da.«

»Hier sind die strukturellen Reformen am dringendsten.«

»Wer Gesundheit will, soll sie bezahlen.«

»Wer nicht zahlen kann ...«

»Muß eben Lotto spielen.«

»Sehen Sie. Es geht um Moral.«

»Es ist eine moralische Frage.«

»Angenommen, Sie haben einen Laden. Es kommt jemand und sagt: ›Ich hätte gern eine Flasche Champagner, aber ich habe kein Geld.‹«

»Schenken Sie ihm dann die Flasche?«

»Das würden Sie nicht tun ...«

»Soweit käme es noch!«

»Die üblichen Verdächtigen würden argumentieren, eine Blutwäsche sei kein Champagner ...«

»Aber das ist sie.«

»Champagner.«

»Und nicht einmal billiger.«

»Sondern französischer.«

»Es fällt uns nicht leicht, das zu sagen.«

»Es tut uns sogar leid.«

»Aber es muß gesagt werden: Blutwäsche ist der Champagner im Gesundheitswesen.«

»Und nicht einmal einheimischer.«

»Sondern französischer.«

»Feinster.«

»Und teuerster.«

»Noch dazu sind diejenigen, die am meisten Unterstützung benötigen, ja auch die Unproduktivsten. Das ist das Vertrackte an der Situation.«

»Wer Gesundheit will, Bildung, Gerechtigkeit ...«

»Muß sich auf harte Zeiten gefaßt machen.«

»Wie schon der Sänger sagt: *Wenn der Kopf voll Unvernunft ist / muß der Körper es ausbaden.*«

»Hätten doch alle Vernunft!«

»Hätten doch alle einen Plan!«

»Nur die Umkehrung ist noch zutreffender.«

»Wenn der Körper voll Unvernunft ist / muß der Kopf es ausbaden.«

»In der heutigen Zeit, meine Dame, das muß man sagen: Die Umkehrung ist fast immer noch wahrer.«

»Die Leute ahnen ja nicht.«

»Sie haben nicht die geringste Ahnung.«

Der gesprächige Carlos reibt sich die Hände:

»Na ja, eigentlich auch ganz gut so. Ignoranz kann manchmal ein ganz guter Schutz sein.«

Die Frau erkennt, nur ganz notdürftig verborgen, ein Lächeln auf Carlos' Lippen aufblitzen. Diese Art heimliches Lächeln, das man eigentlich zeigen will, es aber versteckt, damit das Gegenüber erkennt, daß es heimlich ist. Darum geht es bei dem Lächeln von Anfang an. Nicht darum, nicht gesehen zu werden, sondern um die spöttische Andeutung des Hinter-dem-Rücken-des-anderen-Lachens. Und wenn dieses Hinter-dem-Rücken-des-anderen-Lachen vor den Augen der anderen sein kann, um so besser.

Wie ein Raucher nach einem Dauerlauf wirkt der gesprächige Carlos nun etwas erschöpft. Für einen Moment läßt er die Hände auf seine Schenkel fallen, senkt den Kopf. Die Frau wittert ihre Chance. Doch bevor sie sich entscheiden kann, hebt er den Kopf wieder und schaut sie an:

»Wo waren wir?«

Sousa antwortet:

»Der Tod ist eine todsichere Wette. Die einzige sichere.

Um die Wirtschaft zu retten, müssen drastische Maßnahmen her.«

»Wir haben über unsere Verhältnisse gelebt.«

»Das Modell des Wohlfahrtsstaats ist gescheitert.«

»Ein Anachronismus.«

»Ich würde sogar noch weiter gehen. Eine Anachronie.«

Carlos nimmt wieder den Faden auf:

»Tod.«

»Die sogenannte ›natürliche Todesursache‹«, erklärt Sousa.

»Die Alten. Genau.«

Sousa senkt seine Stimme ein wenig:

»Die Alten.«

»Die teuren und nutzlosen.«

»Teuren und nutzlosen.«

»Unproduktiven.«

»Die Alten.«

»Eine vernünftige Lösung muß her.«

»Für beide Seiten.«

»Die aber trotzdem nicht die Egoismen der jeweiligen Gruppen bedient.«

»Teamgeist ist gefragt.«

»Eine vernünftige Lösung.«

»Eine Endlösung.«

»Die einzig vernünftige.«

»Verstehen Sie, meine Dame. Länder sind Anachronismen.«

»Der Sozialstaat ist ausgelaugt.«

»Man kann nicht mehr allen gerecht werden.«

»Das ist nicht einmal wünschenswert.«

»Was für eine Bevormundung, uns vor allem beschützen zu wollen!«

»Dafür sollte der Staat nicht mißbraucht werden.«

»Der Staat sollte die innovative Dynamik unternehmerischer Innovation potenzieren.«

»Nur weil einer hier geboren ist, soll er gleich Anrecht auf alles bekommen?«

»Eine schreiende Ungerechtigkeit ist das.«

»Unproduktives muß von Produktivem getrennt werden.«

»Die Alten.«

»Und Leistung belohnen.«

»Wie im Unternehmen.«

»Warum werden Länder nicht wie Unternehmen geführt?«

»Eine unternehmerfeindliche Einstellung ist das!«

»Ein Unternehmen funktioniert nach klaren Regeln.«

»So muß es sein.«

»Überschüssigen Ballast ohne jede Scheu über Bord werfen.«

»Ein Unternehmen hat ein definiertes Ziel.«

»Und ist auf dieses Ziel ausgerichtet.«

»Es ist kein Wohltätigkeitsverein.«

»Wer Wohltaten will, soll sich welche kaufen.«

»Ein Unternehmen muß sich regelmäßig von Ballast befreien.«

»Von überschüssigem Fett.«

»Von den Alten.«

»Von Kindern ganz zu schweigen.«

»Noch so eine Belastung, aber darum geht es jetzt nicht.«

»Jetzt erst einmal zu den Alten. Das brennt mehr auf den Nägeln.«

»Die Renten der Alten.«

»Die Krankheiten der Alten.«

»Die Langlebigkeit der Alten.«

»Die Alten leben zu lang.«

»Viel zu lang.«

»Geradezu unmenschlich, wie lang sie leben.«

»Für die Wirtschaft eine schwere Belastung.«

»Unproduktiv.«

»Könnte man aus ihnen wenigstens Suppe gewinnen ...«

»Grüne Brühe.«

»Wir machen nur Spaß, meine Dame.«

Nicht wirklich, denkt sich wahrscheinlich die Frau.

»Es ist Fakt, daß die Alten, im Gegensatz zu den Kindern, keine besondere Aussicht auf Zukunft haben.«

»Kinder sind zwar nicht produktiv, können es aber noch werden.«

»Die Alten dagegen ...«

»Man darf es ja nicht laut sagen ...«

»Sollte man zumindest nicht.«

»Was ist das für eine Welt, in der man eine Wahrheit nicht laut sagen darf?«

»Fakt ist doch ...«

»Wem es nicht gefällt ...«

»Fakt ist doch ...«

»Man muß einfach sagen, die Alten taugen nur noch für eins.«

»Wählen.«

»Das stimmt allerdings. Wenigstens wählen sie fast immer richtig, die Alten.«

»Zumindest einige.«

»Meistens.«

»Sie haben Angst.«

»Kommen meist ohne uns aus.«

»Wie ein Enzym, das sie selbst produzieren.«

»Sie fahren im Bus.«

»Und haben Angst.«

»Gehen auf die Straße.«

»Und haben Angst.«

»Angst.«

»Die Alten.«

»Herrlich.«

»Aber sie sind nutzlos.«
»Eine sinnlose Ausgabe.«
»Sie haben Krankheiten, wie die Tauben.«
»Krankheiten über Krankheiten.«
»Schlimmer als Tauben.«
»Die Alten.«

Die Frau sagt nichts. Der Gedanke könnte sie verunsichern. Aber was soll sie machen? Was soll sie sagen? Außerdem, der Gedanke ist abwegig, aber er erleichtert sie: Solange sie auf den Alten herumhacken, glaubt sie, ist der Junge in Sicherheit.

»Wenn wir die notwendigen Maßnahmen treffen, sind die Alten schnell weg. Das wissen Sie, oder?«

»Das wäre womöglich die Lösung für unser Land.«
»Sparen. Im Sparen liegt der Gewinn.«
»Nun muß Führungsstärke gezeigt werden.«
»Führungsstärke ist gefragt.«
»Klare Zuständigkeiten.«
»Führungsstärke.«
»Unternehmergeist.«
»Unternehmergeist ist das Gebot der Stunde.«
»Dringende Reformen.«
»Die öffentlichen Haushalte sanieren.«
»Die Wirtschaft beleben.«
»Ausgaben drosseln.«
»Investieren statt subventionieren.«

»An Potentiale glauben anstatt in überkommenen Paternalismen verharren.«

»Für eine dynamischere Gesellschaft.«
»Eine gerechtere Gesellschaft.«
»Ja, auch.«
»Dazu ...«
»Für diese Herkulesaufgabe.«
»Die notwendige Straffung.«

»Die Verjüngung des sozialen Gefüges.«
»Darf keine Zeit mehr vergeudet werden.«
»Das geht nicht.«
»Nein, geht nicht.«
»Notwendige Reformen müssen sofort umgesetzt werden.«
»Die Alten vernichten.«
»Nein, nicht ›vernichten‹. Das Problem lösen.«
»Ja, selbstverständlich. Lösen.«
»Eine Lösung herbeiführen.«
»Eine sachliche Entscheidung.«
»Aber mehr als überfällig. Notwendig.«
»Auch für sie im Grunde das beste.«
»Im Grunde zu ihrem Besten.«
»Was nützt einem schließlich Gesundheit, wenn die Lebensqualität nicht mehr stimmt?«
»Es ist das Richtige.«
»Das Menschlichste, was man tun kann.«
»Das Richtigste.«
»Unnützer Ballast muß weg.«
»Unproduktivität hat ihren Preis.«
»Ein Unternehmen muß sich von überflüssigen Pfunden befreien.«
»Von überschüssigem Ballast.«
»Auch von Kindern.«
»Ja, von Kindern auch.«
Die Frau spürt, wie sich ihr Magen zusammenzieht. Aber sie sagt nichts.
»Wer Gesundheit will, soll bezahlen.«
»Wer Bildung will, soll bezahlen.«
»Wer Kinder will, soll bezahlen.«
»Man muß bereit sein, den Preis zu bezahlen.«
»Bezahlt man nicht auch für Brot?«
»Und wer regt sich darüber auf?«

»Es wäre ein Skandal, wenn man das täte.«
»Und ist es nicht demagogisch zu sagen, es gäbe Wichtigeres als Brot?«
»Eine Beleidigung für jeden halbwegs klar denkenden Geist.«
»Eine Beleidigung.«
»Wer etwas will, muß auch bereit sein, dafür zu bezahlen.«
»Den Preis dafür.«
»Angebot und Nachfrage.«
»Das Gesetz des Marktes.«
»Und der Markt ist sehr sensibel.«
»Unberechenbar.«
»Launisch.«
»Wie ein pubertierender Jugendlicher.«
»Und hat ...«
»Wie ein pubertierender Jugendlicher ...«
»... immer recht.«
»Sind Sie geduldig genug, um mit einem Jugendlichen in der Pubertät zu diskutieren?«
»Ich nicht.«
»Ich auch nicht.«
»Na!«
»Also!«
»Aha!«
»Angst ist pädagogisch.«
»Sie ist sehr interessant.«
»Sie hilft, das Wesen des Menschen zu verstehen.«
»Hilft, schlechte Instinkte zu bändigen.«
»Die Angst hat etwas von einem wissenschaftlichen Experiment.«
»Sie hilft, Gesellschaftsmodelle zu verstehen.«
»Sie ist sehr interessant.«
»Und aufregend.«

»Sperren Sie einen Jungen und einen Alten in einen Käfig.«

»Der Junge hat Angst, keine Arbeit zu bekommen.«

»Der Alte hat Angst, sie zu verlieren.«

»Der Junge kennt das Risiko, sein Leben lang nichts zu bekommen als Praktika.«

»Oder Fortbildungen.«

»Probearbeit.«

»Callcenter.«

»Meinungsumfragen.«

»Der Ältere weiß, daß er erledigt ist, an dem Tag, an dem er seine Arbeit verliert.«

»Er hat ja nichts gegen den Jungen, aber ...«

»Der Junge hat auch nichts gegen den Alten persönlich, er könnte sein Vater sein.«

»Aber ...«

»Was wollen Sie?«

»Die Welt ist schlecht.«

»Die Welt ist böse.«

»Die Welt ist fies.«

»Die Welt ist mies.«

»It's only Bizniß.«

»Erst versuchen sie, sich aus dem Weg zu gehen.«

»Eine Konfrontation zu vermeiden.«

»Der Ältere weiß, daß der Junge viel wendiger ist.«

»Der Junge weiß, daß der Alte sich besser auskennt.«

»Ein Freund von mir arbeitet in einer deutschen Fabrik.«

»Wo der Stahl gehärtet wird.«

»Jede Woche kommt ein Ingenieur und sagt: ›Herr Silva, zeigen Sie mal diesem jungen Mann, der heute bei uns anfängt, wie das hier läuft.‹«

»Und mein Freund ist nicht dumm und sagt ›ja‹.«

»In der Fabrik arbeiten Polen, Türken, Griechen, Portugiesen.«

»Der Laden vor der Fabrik gehört Sizilianern.«
»Guter Käse.«
»Und Brot.«
»Hervorragendes Brot aus Kalabrien.«
»Er sagt ja zu allem. Alle sagen immer ja, aber dann …«
»Natürlich zeigen sie ihm nichts.«
»Schön blöd, wenn sie es tun würden.«
»Am Ende des Monats wären sie weg vom Fenster.«
»Ersetzt durch die Jungen.«
»Wenn also der Junge aus Unerfahrenheit seine Hand unter einer Tonne Stahl zerquetscht …«
»Schauen sie unbeteiligt zur Seite.«
»Die Schreie sind fürchterlich.«
»Aber alle schauen zur Seite und pfeifen.«
»Wieder einer, der uns keine Arbeit mehr wegnimmt.«
»Das Gesetz des Überlebens.«
»Es ist nicht böse gemeint.«
»›Aber was soll man machen?‹«
»›Entweder er oder ich.‹«
»›Was würden Sie an meiner Stelle tun?‹«
»Eben.«
»Sperren Sie einen Jungen und einen Älteren in einen Käfig.«
»Es macht Spaß zuzusehen.«
»Sie belauern sich mißtrauisch.«
»Dann einen Greis.«
»Und da fällt dem Jungen und dem Älteren etwas auf.«
»Wer das schwächste Glied ist.«
»Denn es ist gar nicht der Junge, der dem anderen die Arbeit wegnimmt.«
»Jedenfalls noch nicht.«
»Eigentlich ist es gar nicht der Ältere, der dem Jungen den Zugang zum Arbeitsmarkt versperrt.«
»Im Augenblick jedenfalls nicht.«

»Es ist der Alte.«

»Die Alten.«

»Mit ihren Renten.«

»Und ihren Krankheiten.«

»Und außerdem, wenn er sich mit bloßen Händen auf den Älteren stürzt ...«

»Könnte sich der Junge einen Nagel abbrechen.«

»Würde er versuchen, den Jungen zu treten ...«

»Könnte dem Älteren die Puste ausgehen.«

»Also besser beide gemeinsam gegen die Alten.«

»Es ist ja sowieso ihre Schuld.«

»Wegen der Renten bricht unsere Wirtschaft zusammen.«

»Sie sind schlimmer als die Ausländer.«

»Die arbeiten wenigstens.«

»Nehmen uns die Arbeit weg, aber sie arbeiten.«

»Und nehmen uns sowieso nur die Arbeit weg, die wir nicht mal geschenkt haben wollen.«

»Genau.«

»Blöd nur, wenn sie mehr wollen, die Ausländer.«

»Wenn sie die Arbeit wollen, für die wir sogar etwas geben würden.«

Sorge macht mir, daß in unserer Stadt arme Menschen so ausgegrenzt sind. Was soll ich sagen, so bin ich nun mal. Wollen sie beispielsweise vom einen ans andere Ende der Stadt, müssen sie zu Fuß über Straßen gehen, die dafür nicht ausgelegt sind, nur für Autos. Und wenn jemand sie mitnimmt, dann zwängt man sie in eine Gummihülle, die ihre Bewegungen einschränkt, so daß sie sich hinten im Auto nicht rühren, geschweige denn losmachen können, aufrecht stehend, was alles andere als bequem sein dürfte. Ich entschloß mich, ein Taxi zur Mündung zu nehmen, eine gefährliche Gegend, eine Betonwüste unter der Brücke, vor der man Touristen eindringlich warnt. Dort fuhr ich hin. Auch wir werden gewarnt, Armen und Obdachlosen zu helfen, doch ich entschließe mich, diesem zu helfen, der immer noch in seiner Gummihülle auf der Ladefläche des Autos steht, das ihn hierher gebracht hat, dessen Besitzer jedoch aus Gründen der Sicherheit sich nicht traute, ihn loszumachen. Er bat mich um Hilfe, allein mit den Augen, dem einzigen, was von ihm zu sehen war. Und ich springe ihm bei, ziehe mit beiden Händen den Gummimantel auseinander, bis er freikommt. Kaum ist er frei, merke ich, daß ich einen groben Fehler begangen habe: Diejenigen, die Touristen warnen, den Tauben keinen Mais zu geben, haben recht, denn er zielt auf mich (mit fast traurigem Gesichtsausdruck, das ist wahr) mit einer Pistole und knurrt: Brieftasche. Nun, ich mag Arme, doch in meiner Brieftasche habe ich alles, die Karten, die Ausweise, das Geld ... Alles in meiner Brieftasche. Und mir wird plötzlich klar, daß ich selbst sozusagen die Brieftasche bin. Ich weigere mich, sie ihm zu geben und gehe gezwungenermaßen auf ihn zu. Andere Arme schleichen herum wie Vogelscheuchen oder streunende Hunde, kommen näher, aber kommen nicht noch näher, und mein Räuber kann gar nicht glauben, daß ich so dumm sein kann, lieber eine Kugel abzubekommen, als ihm die Brieftasche zu geben. Doch was er nicht versteht: Ich bin die Brieftasche. Eher würde ich ihm meine Seele geben, hätte ich eine. Und sein Erstaunen gerät mir zum Vorteil. Als wir Auge in Auge stehen, fällt uns beiden auf, daß er die Pistole nicht einmal sicher in der Hand hält. Wer weiß, ob sie überhaupt geladen ist, denn Patronen sind teuer, oder er hatte nur noch zwei und wollte sie sparen. Ich bekomme seine beiden Fäuste zu fassen, und wir kämpfen, beide nicht stark genug, den anderen umzureißen. Für mich ist es reichlich frustrierend zu sehen, wie unvernünftig ich war, ihm die Brieftasche nicht zu geben. (Er hätte sich vielleicht auch mit einem Zwanzigeuroschein zufriedengegeben.) Ich habe nicht mehr Kraft, als um mit ihm herumzutanzen, die Arme erhoben, wie zu einem Bogen, unter dem beim Volkstanz die anderen Paare hindurchtanzen. Und eine weitere Gefahr wird mir bewußt: Meine Hosentaschen sind völlig ungeschützt, und die anderen Armen könnten dies ausnutzen, um mir die Brieftasche zu stehlen. Endlich gelingt es mir, die Pistole an mich zu reißen, und mein undankbarer Angreifer gibt auf und verschwindet. Nie wieder erzähle man mir die Geschichte von Daniel in der Löwengrube, in der dieser dem Löwen einen Dorn aus der Pfote zog und der Löwe ihn im römischen Zirkus später wiedererkannte und verschonte. Menschliche Bestien taugen nicht für solche Geschichten. Und während ich noch überlege, wie ich am schnellsten von dort, dieser Einöde aus Beton unter der Brücke, verschwinde, von dort, wo der Fluß, der die Stadt durchquert, sich ins Meer ergießt, huschen zwei Frauen auf mich zu. Eine der Frauen tippt mir auf die Schulter, doch ich kenne den Trick und versuche sofort mit der Hand meine Brieftasche zu schützen. Die zweite zischt mir eine Beleidigung zu, die ich erst, als sie sie wiederholt, wirklich verstehe: Wir sind Portugiesinnen, du Idiot, du mußt nicht dümmer tun, als du bist. Und ich erwidere: Wie lustig, ich bin selbst Portugiese, und nur weil ich Tourist bin, bin ich noch lange nicht doof.

Ich habe nicht die geringste Ahnung, ob es mir gelingen wird, von dort zu verschwinden, oder ob die umherstreunenden menschlichen Vogelscheuchen die Falle zuschnappen lassen, doch die Antwort, die ich soeben den beiden Diebinnen gab, ist das erste, was mir an dieser ganzen Geschichte gefällt.

»Wissen Sie, eines Tages werden wir aufwachen, und uns fehlt eine Niere.«

»Das Gute daran: Unser Defizit wird um dreizehn Prozent reduziert sein.«

»Aber wir wollen Sie nicht langweilen.«

»Im Gegenteil.«

»Lassen Sie uns noch eine Geschichte erzählen.«

»Oder ein paar.«

»Wenn Sie Urlaub haben, haben Sie bestimmt etwas Geld angespart, für die Reise.«

»Für ein Hotel, Halbpension.«

»Oder Vollpension.«

»Das würden wir Ihnen nicht raten.«

»Wir würden Ihnen zu überhaupt gar nichts raten.«

»Wozu aus dem Haus gehen, wenn man zu Hause doch alles hat?«

»Und Sie glauben gar nicht, was in Hotels alles passieren kann.«

Die Frau weiß bereits, was nun kommt. Eine neue Vorführung. Die zwei scheinen süchtig danach. Es sei nur zu ihrem Besten, sagen sie, zu ihrer Information, ihrer Kenntnis, doch jeder an ihrer Stelle hätte mehr als genug Grund, mißtrauisch zu sein.

»Zum Frühstück setzt man sich aus Versehen an den reservierten Tisch. Es fällt einem erst auf, als man vom Saftholen zurückkommt, und auf dem Tisch steht ein Schild, auf dem ›Reserviert‹ steht. Zum Glück hat man noch nicht angefangen zu essen, nimmt seine Sachen – die Zeitung, einen Teller mit Frühstücksflocken, den Saft – und zieht damit an einen anderen Tisch. Man weiß nicht, ob der Tisch aus einem besonderen Grund reserviert ist oder das Hotelpersonal sich nur nicht mehr Arbeit als nötig machen will und die Leute (wie Vieh) deshalb an einen anderen Tisch leitet.«

»Man kann sich eigentlich gar nicht beschweren über das Hotelpersonal. Man ist in der Nacht angekommen, doch sie waren sehr eifrig. Es hat einem nur nicht gefallen, daß der Mann an der Rezeption gleich nach der Kreditkarte gefragt hat ›wegen der Extraausgaben‹, und als man sie ihm reichte, nach der Geheimzahl geschielt hat. Hat sicherlich nichts zu bedeuten, aber was soll man machen? Es hat uns gestört. Davon abgesehen, sind alle sehr freundlich, vielleicht ein bißchen kühl. Der Mann im Aufzug, das Zimmermädchen, das uns ein Bonbon auf das Kopfkissen gelegt hat, die hübsche Putzfrau, die heute geklopft hat, um zu fragen, ob Wäsche zu waschen oder zu bügeln ist. Sehr freundlich. Und doch weiß man, daß sie alle nur ihre Arbeit tun.«

»Ein Hotel ist ein Durchgangsort. Es kommen Tag für Tag neue Menschen und gehen wieder. Daher wunderten wir uns auch nicht, als einige, die wir kennengelernt hatten, verschwanden. Wie kann man in so einem Fall überhaupt von ›verschwinden‹ sprechen?«

»Ein Hotel ist ein Durchgangsort. Mit Betonung auf ›Durchgang‹. Jeden Tag kommen Leute, und andere gehen. Genaugenommen könnte man sagen, daß jeden Tag Leute *erscheinen* und wieder *verschwinden*, verdammt!«

»Natürlich ist es auch der perfekte Ort, um Leute tatsächlich verschwinden zu lassen. Es fällt niemandem auf. Wie bei Pädophilen, die Pfarrer werden oder Erzieher. Es ist der perfekte Beruf, um in der Nähe von Kindern zu sein – mit Kindern umzugehen –, ohne Verdacht zu erregen.«

»Ein Tag vergeht.«

»Eine Nacht.«

»Wegen eines Computerfehlers bei der Reservierung hat man ein Upgrade bekommen auf Vollpension. Sehr anständig, wirklich. Man nimmt alles zurück, was man über das unterkühlte Personal gesagt hat. Bei genauer Betrachtung sind sie sehr freundlich, auf der ganzen Linie.«

»Und doch beschleicht einen ein eigenartiges Gefühl.«

»Etwas stimmt nicht.«

»Irgend etwas stimmt mit dem Hotel nicht.«

»Man kann nur nicht sagen, was.«

»Und man wird weiterhin sehr gut behandelt.«

»Man ißt viel mehr, als man sollte.«

»Und nimmt zu.«

»Denn das Essen ist wirklich hervorragend. Köstlich.«

»Und das Personal wird mit jedem Tag freundlicher.«

»Als hätte es einen tatsächlich liebgewonnen.«

»Als wäre …«

»Sie werden lachen, genau diesen Eindruck macht es.«

»Als wäre man für sie wie Haustiere, die ihnen ans Herz gewachsen sind.«

»Wie den Bauern die Ferkel, die ihnen dereinst köstliche Schinken zum Essen und zum Verkaufen bescheren.«

»Der entscheidende Fehler ist, daß man das eigenartige Gefühl nicht richtig einordnen kann.«

»Und nicht einfach zunimmt.«

»Sondern gemästet wird.«

»Das merkt man erst, wenn es wahrscheinlich zu spät ist.«

»Wenn man selbst ...«

»Und ein weiterer Tag geht vorbei. Und noch einer.«

»Im Zimmer nebenan (oder ist es eine Suite?) wohnt ein junges Pärchen, das so feurig ist, daß man kaum schlafen kann bei dem Schreien, dem Stöhnen, dem Schnaufen.«

»Man ist erst fünf Nächte dort und hat wohl schon ein paar Kilo zugelegt.«

»Oder mehr.«

»Was soll man sagen? Man wird auch wirklich zu gut behandelt. Großartig. Das Frühstück ist in Wahrheit eine üppige Mahlzeit, das Mittagessen ein Bankett, das Abendessen ein echtes Festmahl, und immer noch gibt es ein letztes Abendmahl, das man in den Schlund gestopft bekommt.«

»Wie die Gänse für die Foie gras.«

»Der Vergleich hinkt, ja, ich weiß.«

»Man wird ja auch gar nicht gezwungen. Im Gegenteil, sie sind alle unheimlich freundlich.«

»Aber wer lehnt schon einen guten Champagner ab? Erst versucht man es, denn man schwimmt nicht im Geld.«

»Es war schließlich Veuve Clicquot.«

»Doch der Kellner beruhigt. Es sei ›complimentary‹.«

»Ein Geschenk des Hauses.«

»Vollpension mit Veuve Clicquot? Zu herrlich, um wahr zu sein.«

»In der Tat. Viel zu gut ...«

»Am sechsten Tag war das laute Pärchen verschwunden. Seltsam, wir sahen einige Hotelangestellte mit Bettzeug aus dem Zimmer kommen, wir hatten ja gar keine Ahnung, daß man so viele Leute braucht, um ein Zimmer aufzuräumen. Es wird eine schöne Orgie gewesen sein. Man konnte fast neidisch werden.«

»Eine erotische Kesselschlacht ...«

»Aber vier, fünf Zimmermädchen? Mehrmals begegneten wir ihnen, und sie grüßten nicht einmal. Eigenartig, denn sonst grüßen sie immer.«

»Am siebten Tag ...«

»Am siebten Tag bat man uns, als wir in den Frühstücksraum kamen, am reservierten Tisch Platz zu nehmen. Wir freuten uns, es war wohl wirklich der Ehrenplatz. Doch als wir erst ablehnten, aber nicht doch, vielen Dank, unsere Zeitung liegt schon auf dem anderen Tisch, wir haben uns jetzt schon an ihn gewöhnt, verfinsterte sich das Gesicht des Concierge, und als er die Aufforderung wiederholte, klang es schon nicht mehr so freundlich, sondern eher wie ein Befehl. Da wir keinen Ärger wollten, setzten wir uns, wenn auch etwas zerknirscht, trotzdem dorthin, wo man uns haben wollte.«

»Jetzt, wo wir in einem Sack Richtung Keller geschleift werden, wissen wir, daß wir es nicht hätten tun sollen.«

»Der wahre Herr sitzt einige Hundert Meter tiefer im dritten Untergeschoß. Er ist steinalt, älter als das Hotel, die Umbauten, der Niedergang, die Wiedereröffnung nach Jahren des Leerstands, der Glorie und des Verfalls.«

»Ein Wesen, das älter ist als das Land, älter vielleicht als die Zeit, die das Tier namens Mensch schon auf der Erde weilt.«

»Ein alter pflanzlicher Gott. Und dem opfert man uns. Wir glaubten, Gäste zu sein, und waren Gefangene. Wir dachten, wir würden gefüttert, und statt dessen mästete man uns.«

»Um uns zu schlachten.«

»Unsere Körper zu schlachten.«

»Das einzige, was uns jetzt noch interessiert, ist, daß der Schrecken hoffentlich nicht zu lange währt. Wenn wir Glück haben, geht es schnell. Unsere Angst (unser Pech) ist, daß die Alten doch recht haben ...«

»Die sagen, jeder noch so kurze Seufzer dauere eine Ewigkeit.«

Im Tiefgeschoß eines alten Hotels auf den Trümmern einer vergangenen Zeit sitzt ein gargantueskes Gewächs. Eine Pflanze, intelligent, feucht, dunkel, bösartig, die, aus einem langen Schlaf erwacht, nun Nacht für Nacht mit Menschenfleisch gefüttert zu werden verlangt. Sie ist zufällig erwacht und war anfangs noch schwach, brauchte einige Zeit, einen Gefolgsmann zu finden, doch nach diesem Leichtsinnigen, der sich verführen ließ, kamen weitere, und noch mehr werden folgen. Sie hat viele Namen, die Pflanze. Man sagt, daß sie älter sei als die Welt. Und noch mächtiger als alle Götter nach ihr. Viele Jahrhunderte lang hat sie geschlafen und war doch immer wach. Sie spricht nicht (ist älter als jede Sprache), doch sie kann mehr: unsere innersten Regungen lesen. Sie rührt sich niemals vom Fleck, doch ihre Wurzeln horchen durch den Beton des Kellers hindurch auf die tragikomische Ballade der Welt. Ihre Gefolgsleute hält sie in einem Zustand der anhaltenden Angst, die sie bisweilen und widernatürlich für Euphorie halten. Die Pflanze hört auf den Namen Ctulhu, Baphomet oder Azagoth.

Und in letzter Zeit auf den Namen Die Märkte.

»Nun ja, gute Frau.«

»Fakten sind Fakten.«

»Die Angst kommt. Ob man will oder nicht.«

»Erst fühlt es sich fremd an, dann gewöhnt man sich daran.«

»Sagen die Leute.«

»Die Angst kommt.«

»Und das ist gut.«

»Schnell.«

»Schmerzlos.«

»Fast jedenfalls.«

»Irgendwer muß schließlich leiden.«

»Jemand muß leiden, damit andere leben können.«

»Alles durch alle zu teilen, das würde bedeuten, daß alle gleich arm sind.«

»Kennen Sie die Geschichte von dem reichen und dem armen Freund?«

»Es war einmal ein Reicher, der hatte einen Freund, der war arm und tadelte ihn den lieben langen Tag lang dafür, daß er reich war.«

»Bis der Reiche es einmal leid war und sagte: ›Paß auf, wenn wir meinen Reichtum unter der gesamten Bevölkerung des Landes aufteilten, wieviel, glaubst du, bekommt jeder dann ab?‹«

»Der arme Freund wollte nicht antworten, doch der Reiche bestand darauf. Und schließlich sagte er: ›Keine Ahnung, so fünf oder zehn Mäuse vielleicht.‹«

»›Gut also, das hier ist dein Anteil. Und jetzt geh mir nicht mehr auf die Nerven.‹«

»*Und jetzt geh mir nicht mehr auf die Nerven.* Das ist gut!«

»Fakt ist, daß Opfer gebracht werden müssen.«

»Menschenopfer.«

»Vielleicht noch das einzige, was funktioniert.«

»Lämmer an Stelle von Menschen zu schächten? Man sieht ja, wohin das geführt hat.«

»Die Weltmächte lassen sich nicht gern hinters Licht führen.«

»Selbst angebrannt können sie Fleisch noch am Geruch unterscheiden.«

»Es gibt da ganz feine Nuancen. Empfindliche Nasen nehmen das wahr.«

»Jemand muß schließlich Opfer bringen.«

»Eine Minderheit.«

»Eine Minderheit nach der anderen.«

»Wenn man Glück hat, trifft es einen nicht.«

»Um ehrlich zu sein, ist die Wahrscheinlichkeit, daß es einen trifft, kleiner, als daß es einen nicht trifft.«

»Die Statistik ist also auf unserer Seite ... Warum regt man sich auf?«

»Wenn man sich aufregt, wird es nur schlimmer.«

»Ein guter Rat unter Freunden.«

»Auch dazu dient die Installation der Angst.«

»Damit die Leute mehr achtgeben.«

»Und keine Dummheiten machen.«

»Dummheiten machen ist dumm, meine Dame.«

Sousa schwitzt. Warum eigentlich? Hat ihn das Gespräch aufgeregt? Inwiefern? Die Frau schaut ihn an. Versucht ihn zu verstehen. Was denkt wohl die Frau, während sie Sousa zu ergründen versucht? Wir wissen es schon. Sie denkt an den Kleinen im Badezimmer. Und daran, wie von Minute zu Minute das Risiko steigt, daß er entdeckt wird. Und dann wird sie nicht wissen, was sie tun soll: in Panik verfallen oder ihn mit allen ihr zur Verfügung stehenden Mitteln beschützen? Aber was noch denkt sie wohl in diesem Moment, als sie Sousa anschaut? Vielleicht, daß der erste Eindruck oft täuscht? Sousa wirkt grobschlächtig, aber wenn er will, entpuppt er sich als recht schlau. Er wirkt plump, aber dann scheint er wieder behende zu sein wie ein Zicklein. Der erste Schein trügt. Im Film sehen die Guten immer wie die Guten aus und die Bösen wie die Bösen, das ist wunderbar. Doch der Schauspieler, der den Helden spielt, hat in seinem Leben noch nicht eine Heldentat vollbracht. Er sieht nur so aus, redet so, wirkt so. Mehr nicht. Nichts weiter. Ein wirklicher Held kann dagegen schon einmal wie ein Schurke aussehen, wie ein Bösewicht, und dabei der unschuldigste Mensch auf der Welt sein. Ein »stoischer Blick« hat wenig mit Stoizismus zu tun, und ein »strenges Gesicht« ist noch lange kein Zeichen für Strenge. Die Frau weiß aus eigener Anschauung, daß die Welt komplizierter ist. Und als könnte er ihre Gedanken lesen (wer weiß, vielleicht kann er es – die Frau sollte sich in acht nehmen), sagt Carlos:

»Zum Beispiel *Serial Killer.* Stellen Sie sich vor, sie hätten gern Angst vor einem *Serial Killer.* Heutzutage lieben die Leute ja *Serial Killer,* man könnte auch Serienmörder sagen, aber *Serial Killer* klingt technischer, wie *Franchising, Spread, Benchmarking.* ›I'm into serial killing‹ klingt fast so gut wie ›I'm a marketing expert‹, oder?«

Sousa drängt es zu einer Erklärung, damit sein Kollege sich nicht in unnütze Abschweifungen verrennt:

»Ein Serienmörder ist wie ein Hai, schauen Sie: Er ist unter uns, einer von vielen, und wählt seine Opfer rein zufällig aus ... Das bedeutet, ein jeder von uns kann sein Opfer sein. Das ist es, was die Leute fasziniert, zu wissen, daß im Wasser ein Hai ist ...«

»Im unendlichen menschlichen Ozean«, erklärt Carlos.

»Doch obwohl es sie gibt, ist die Wahrscheinlichkeit sehr gering, daß es einen selbst trifft.«

»Im Grunde also keine richtige Angst«, erklärt Carlos, »ausgenommen die vor der Tatsache, daß jeder von uns ein *Serial Killer* sein könnte. Die Nachbarn sagen: ›Das hätte ich niemals von ihm gedacht, er war so ein netter Mensch.‹«

»Er hat immer freundlich Guten Tag gesagt.«

»Keine wirkliche Angst, eher Gänsehaut.«

»Wenn man sie erwischt, stellen sich Serienmörder als völlig farblose Menschen heraus, die gewöhnlichsten Menschen der Welt.«

Morgen reisen wir, hast du an alles gedacht? Den Fallschirm, die Impfungen aufgefrischt, Geld getauscht? Wir sollten ein paar Dosen Thunfisch mitnehmen, man weiß ja nie, wie das Essen dort ist, Hygiene wie hier bei uns kennen sie dort nicht, eine Freundin von mir war einmal in einem dieser Länder und hat in einer Woche sieben Kilo abgenommen, Halbpension, das ist nicht lustig, es war keine Diät sondern da waren Bakterien im Wasser, oder der Salat war nicht richtig gewaschen, ich weiß nicht genau, ich weiß nur, daß sie echt krank wurde, die Arme.

Oder das Essen ist brauchbar, aber teuer, was dann? Ich habe wenig Lust, ein Vermögen für trocken Brot hinzublättern. Es reicht mir gerade, was das hier zu Hause schon kostet. Da muß ich nicht auch noch verreisen, um mein Geld irgendwelchen Ausbeutern in den Rachen zu schmeißen.

Ja sicher, wir fahren mit Barraqueiro, ein seriöses Unternehmen. Und es geht nur nach Badajoz. Aber trotzdem.

Man muß ja nicht unbedingt blauäugig sein. Besser vorsichtig als später das Nachsehen haben. Apropos Nachsehen, vergiß deine Medikamente nicht. Der Bus braucht bloß einen Platten zu haben oder in einen Monsterstau zu geraten, in die Mutter aller Staus, mitten im Sommer. Irgendwo habe ich so etwas schon einmal gelesen. Es war wie ein Krimi. Eine Frau war in einem Renault Dauphine unterwegs, und dann hatte sie etwas mit einem Mann, der verheiratet war, in einem Peugeot, vierzig Kilometer vor Paris. Oder war es Renault? Jedenfalls dauerte der Stau viele Stunden und Tage, und irgendwann war kein Essen mehr da, und die ganzen Autos, die dort im Stau standen, wußten weder, wann, noch ob sie überhaupt je wieder herauskommen würden. Und dann begannen sich Gruppen zu bilden, es entstanden Banden, um zu überleben, und das Mädchen aus der Dauphine und der Mann im Renault (oder Peugeot) kamen sich näher, trotz der furchtbaren hygienischen Verhältnisse. Es gab kein Trinkwasser, Wasser zum Waschen sowieso nicht mehr, doch die Angst macht auch Appetit, ein Appetit gegen den anderen, und man ißt oder trinkt, was man kriegen kann. In solchen Situationen ist das so. Man mag das für schamlos halten, aber erst wenn man selbst so etwas erlebt hat, kann man sich wirklich ein Urteil erlauben.

Das Schlimmste war, daß sie nicht fortkamen, denn der Stau hätte sich ja jeden Moment auflösen können, und die Fahrt würde weitergehen.

(Und sag jetzt nicht, ich hätte mir das alles ausgedacht, ich schwöre, ich habe es irgendwo selbst gelesen. So redet man sich eben heraus.)

Und ab dort wird die Geschichte konfus und vermischt sich mit einer anderen. Eines der Autos gehörte einem vergeßlichen Mörder. Niemand ahnte, daß in seinem Kofferraum der Rumpf und die Arme und Beine einer Frau lagen. Nur der Kopf nicht, den hatte er hinter einer Tankstelle auf einen Stab gespießt. Warum der Mann den Rumpf und die Arme und Beine behalten hatte, bleibt ein Rätsel, doch als er nun im Stau steht, wird er unruhig. Es war ja klar, daß die Leiche, sobald sie in der Hitze im Kofferraum anfangen würde, sich zu zersetzen, unangenehm riechen würde. Andererseits bekam er bei all diesen Menschen um ihn herum, die genauso feststeckten wie er, außer der unvermeidlichen Klaustrophobie auch noch das große (und auf groteske Weise sexuell aufgeladene) Verlangen, es noch einmal zu tun. Das Mädchen in der Dauphine wäre ein perfektes Opfer. Nur daß die Schnepfe in dem Moment, als er ein Auge auf sie geworfen hatte, bereits etwas mit dem Mann im Renault (oder Toyota) hatte. Und dann setzt ein makaberer Wettlauf ein. Der natürlich nicht von der Stelle kommt, denn sie stecken ja alle im Stau fest, der über Kilometer nicht weitergeht, ein menschlicher Hexenkessel. Nun ging es darum, wer was als erstes tut, ob der Mörder das Mädchen aus der Dauphine verstümmeln kann, bevor der Mann aus dem Citroën die morbide Fracht, die das Monstrum in seinem Kofferraum spazierenfährt, findet ...

Es war ein Citroën, ja genau! Jetzt fällt es mir wieder ein. Und er sah gar nicht mal schlecht aus.

Der gesprächige Carlos wirkt nun wie ein Priester in einer verfallenen Kirche. In seinem Eifer stört es ihn gar nicht, daß auf den Rundbögen kein Dach mehr ist:

»Die Angst ist unermeßlich. Die Angst ist sehr weise. Die Angst weiß genau, was das Beste für uns ist. Die Angst sorgt sich um uns. Die Angst läßt uns niemals im Stich. Sie ist jederzeit bei uns. Näher, als wir glauben, selbst wenn wir glauben, sie sei sehr weit weg. Auf die Angst ist Verlaß. Angst ist wahrhaftig. Die Angst liebt uns.«

Sousa gibt den Meßdiener und springt Carlos bei:

»Die besten Ängste sind jedoch diejenigen, die der Verbraucher aus sich selbst heraus erschafft.«

»Im Rahmen des Möglichen wohlgemerkt. Solange der Vorrat reicht, limitiert auf sieben Milliarden Teilnehmer.«

»Angst ist das reine Vergnügen. Es hängt alles mit allem zusammen.«

»Wie wenn man nur einen Schalter betätigt, und schon gehen alle möglichen Lämpchen an.«

»Mit List und Tücke findet die Angst jede Lücke.«

»Jede noch so kleine Abweichung ist virtuell ausgeschlossen.«

»Sie ist ja keine virtuelle Realität, die Angst.«

»Sondern nach und nach wird die Angst zur virtuell einzigen Realität.«

»Eine Welt namens Angst, meine Dame. Keine Welt namens Welt mehr ...«

»Nur Angst namens Angst.«

»Eine Pracht.«

Was Carlos und Sousa nicht merken, ist, daß die Frau langsam die Schnauze voll hat. Ihr reicht es. Und der Junge kann jeden Moment aufwachen. Falls er nicht längst schon erwacht ist und in seinem Versteck langsam die Geduld verliert. Sie kommen und kommen einfach nicht zum Ende.

Sousa kommt auch nicht zum Ende:

»Das ist eine der Folgen der Wirtschaftskrise, die Leute rennen auf einmal dem Gold hinterher. Die Leute vertrauen den Banken nicht mehr, also kaufen sie Gold, eine sichere Anlage.«

Sie sind in Fahrt. Sie hätten längst gehen müssen, aber nun finden sie einfach kein Ende.

»Außer natürlich es kommt zu einem Coup der Amerikaner oder der Chinesen, und sie verkünden plötzlich die Entdeckung riesiger Goldvorkommen ...«

»Auf dem Mond.«

»Oder dem Mars.«

»Das wäre lustig.«

»Und das Gold wäre altes Eisen.«

»Lustig, aber ...«

»Unwahrscheinlich.«

»Wenig wahrscheinlich zumindest.«

»Unwahrscheinlich ...«

»Aber nicht ausgeschlossen.«

Kein Ende.

»Die Leute haben ja keine Ahnung.«

»Keine Ahnung, was dann zu tun ist.«

»Was, wenn sie am nächsten Tag aufwachen, und die Banken sind zu?«

»Was, wenn am nächsten Tag ihre Währung komplett wertlos geworden ist?«

In Rage.

»Ein Kaffee kostet auf einmal fünftausend Euro.«

»Volltanken kostet zehntausend Dollar?«

»Die Leute haben keine Ahnung.«

»Also heben sie ihre Wertsachen zu Hause auf.«

»Und das lockt Wölfe an.«

»Genau.«

»Wie Blut Haifische anlockt.«

»Haifische können Blut meilenweit riechen, sagt man.«
»Auch eine nette Angst, die vor Haien.«
»Eine National-Geographic-Angst.«
»Gehen Sie niemals mit einer Wunde am Finger ins Wasser.«
»Nicht einmal in die Wanne. Wer auf Nummer sicher geht, lebt länger.«
»Und stirbt trotzdem.«
»Sicher.«
»Lassen Sie nie Unbekannte in Ihre Wohnung.«
Die Frau schaut sie an. Carlos mißversteht ihren Blick und lächelt zurück:
»Nein, uns können Sie natürlich vertrauen. Wir sind nur wegen der Angst hier.«
»Wir sind Beamte.«
»Aber gut reagiert. Jemand anderes könnte sich für uns ausgeben ...«
»Sich für Installateure ausgeben und ...«
»In Ihr Haus eindringen und Ihr Gold stehlen.«

Und noch einmal erklärt Carlos, daß man in der heutigen Zeit niemals Fremde ins Haus lassen darf. Fremde, nicht einmal die eigene Mutter, und mit Haus meint er alles mögliche, wortwörtlich und im übertragenen Sinn. Haus, Körper, Seele. Mißtrauisch sein. Immer mißtrauisch sein.
»Selbst wir, die wir die Angst verbreiten, woher wissen Sie denn, daß wir tatsächlich offiziell zugelassen sind? Sie können es gar nicht wissen. Sie waren zu gutgläubig, doch das hätten Sie nicht sein dürfen. Sie hatten zufällig Glück, doch Sie hätten auch Pech haben können. Denn der unschuldigste Mensch kann nur der unschuldig aussehendste Mensch sein. Das Leben ist hart und zu kurz, und je härter und kürzer, desto ungesünder und grausamer ist es. Im Krieg (aber jetzt auch in Ländern mit Frieden erhältlich) greifen Kinder

von vielleicht elf Jahren einfach so (skrupellos) ihre Opfer an, kauen Koks oder schnüffeln an Klebstoff. Straßenkinder von dieser Welt und der anderen, mit spitzen, eiskalten Reißzähnen bewehrte Vampire, Verzweiflung hinter der Maske des Cherub und die eigene Seele wie eine Vorhölle, erbarmungsloser und hohler als Puppen aus Plastik.«

»Nicht zuletzt, weil es ja gar keine Länder mehr gibt, in denen Frieden herrscht«, fügt Sousa hinzu. »Heutzutage sind wir doch alle im Krieg, permanent, vierundzwanzig Stunden am Tag, ob man will oder nicht. Krieg ist nun immer, allzeit gegenwärtig, präsent, über unseren Köpfen, und das nicht mehr in Form eines Damoklesschwerts, jenes antiken Sinnbilds für latente Bedrohung, sondern nun in Gestalt halbautomatischer Waffen, von Motorsägen, Boden-Luft-Raketen, dem wachsenden Heer Arbeitsloser, gestoßen, gezogen, aufgesaugt von Perspektivlosigkeit, wie gefangen in einer riesigen Blase über unseren Köpfen (den Köpfen derjenigen, die noch Arbeit haben), und wie Raketen auf unsere Köpfe (derjenigen, die noch Arbeit haben) zielend und schließlich, wenn wir nichts tun, plötzlich zu Boden krachend; die Blase platzt, implodiert unter der Kraft der Gravitation, und all die Verzweiflung der Menschen wird zum tödlichen Amboß. Es gibt kein Entkommen. Es sind zu viele. Ein Schwarm, und ihr Name ist Legion.«

»Sousa, wie war das noch mal? Kannst du es auswendig?«

Und Sousa sagt auf. Auswendig:

»Europa, vor allem der Süden, läuft Gefahr, in die Hand aufeinanderfolgender Horden von Menschen ohne Beschäftigung zu geraten ...«

»Lies der Dame den Rest vor, Sousa. Es wird ihr gefallen.«

Sousa zieht ein zerknülltes Papier aus seiner Overalltasche und liest laut aus dem Zeitungsartikel vor, von dem Carlos sagt, er sei erst vorgestern in der Zeitung erschienen:

»Die Europäer erleben zur Zeit eine Art Horrorfilm. Von allen Seiten strömt die Katastrophe auf sie ein. (...)

Europa, vor allem der Süden, läuft Gefahr, in die Hand aufeinanderfolgender Horden von Menschen ohne Beschäftigung zu geraten, verzweifelt und hungernd, von Menschen, die jede Hoffnung verloren haben und zutiefst davon überzeugt sind, bei der Anwendung von Gewalt nichts zu verlieren zu haben, die sich auflösen in diffuse Massen, die nach direkter Demokratie brüllen und Gesetzesübertretungen jeder Art legitimieren, Plünderung öffentlicher wie privater Güter betreiben und auch nicht zurückschrecken vor Rechtsbeugung, was unberechenbare, gefährliche Vetternwirtschaft und politisches Glücksrittertum zur Folge hat.

Daher stellt sich allen Mitgliedsstaaten, die sich derzeit in einer schwierigen Lage befinden, die Frage nach der Fähigkeit der entsprechenden militärischen und polizeilichen Kräfte, den demokratischen Status quo gegenüber einem sich abzeichnenden implosiven Konfliktpotential zu verteidigen. Das Überleben Europas hängt auch von der inneren Sicherheit ab.«

»Das Interessante ist hier«, erklärt Carlos, »daß der Autor zu dem weisen Schluß kommt, daß es nötig ist, nicht etwa zu helfen, sondern ›Streitkräfte‹ in Stellung zu bringen gegen die ›Horden von Menschen ohne Beschäftigung‹ also den ›Vandalismus‹. Braucht es einen besseren Beweis dafür, daß Angst ein ganz großartiges Mittel ist, eine Art Turbolader, die perfekte Maschine, die nichts weiter antreibt als das Menschsein an sich?«

Sousa wirkt wie in Ekstase, die Augen zusammengekniffen. Die Frau sieht ihn so nicht zum ersten Mal. Vielleicht ist das ihre Gelegenheit, endlich zu tun, was sie tun muß. Sie werden ja doch niemals gehen. Sie gehen nicht fort.

Carlos spricht weiter:

»Denn ist die Angst erst einmal installiert, ist sie wie in Fleisch und Blut übergegangen. Wie eine Zelle, die darauf brennt, sich zu vervielfältigen, Metastasen zu bilden und dabei immer neue Eigenschaften anzunehmen. Der bürokratische Albtraum zum Beispiel, nicht wahr, Sousa?«

Sousa zögert nur eine Sekunde, dann fängt er sich wieder und ist wie stets bereit, allerdings jetzt (und aus Gründen, die der Frau nicht klar sind) mit einem fremden Akzent:

»Egal, was Sie Anständiges tun, es wird sich irgendwann gegen Sie wenden. Ist so. In gutem Glauben gehen Sie einen Vertrag ein, und hinterher werden diejenigen, die ihn gebrochen haben, Ihnen vorwerfen, ihn gebrochen zu haben.

Ein Diktator hält Sie ohne Grund in einem dunklen Keller gefangen. Nach Monaten fragt eine ausländische Kommission: Aus welchem Grund halten Sie sie gefangen? Der Diktator antwortet: Ich habe sie festnehmen lassen, weil sie häßlich und schmutzig und böse ist und wilde Verwünschungen ausstößt, und, wenn sie das Tageslicht sieht, wie eine Irre die Augen zusammenkneift und nach Pisse und Kacke und Schweiß stinkt und wirres Zeug redet und nur Dummheiten und Quark von sich gibt.

Die ausländischen Gesandten wollen es nicht glauben, denn sie kennen Sie noch als vernünftige Person. Der Diktator lächelt und erfüllt den Gesandten den Wunsch, Sie zu sehen. Und – o Wunder, nachdem Sie ohne Grund eingesperrt und in einer feuchten, kalten Zelle, der feuchtesten und kältesten Zelle des Kerkers, gefangengehalten worden sind – kaum sind Sie im Freien, kneifen Sie heftig die Augen zusammen, reden unzusammenhängendes, dummes Zeug, und Sie riechen stark nach Urin, Scheiße und Schweiß.

Da muß die Kommission, ob sie will oder nicht, einsehen, daß der Diktator tatsächlich die Wahrheit gesagt hat. Das Wunder der absurden Gewalt: Unter ihr wird die absurdeste Lüge zur Wahrheit.

Und soll ich Ihnen was sagen, gute Frau? Beklagen Sie sich nie über Unrecht – das wird Ihnen als Neid ausgelegt. Behaupten Sie niemals, daß man Sie mißhandelt – man wird Sie als kleinlich bezeichnen. Vergewaltigt man Sie, jammern Sie nicht – es sei denn,

Sie möchten, daß man sich über Sie lustig macht, und wollen am eigenen Leib jenen schmierigen, muffigen Schwefelgeruch der Verachtung spüren, die nur Opfern zuteil wird.

Opfer riechen nicht gut, gnädige Frau. Opfer sind widerlich. Nichts löst beim Menschen soviel Abscheu aus wie der Dunst einer Niederlage.

An dem Tag, an dem Sie zum Opfer werden, ist es das beste, Sie trinken, wie Meister Buarque sagt, still und leise aus Ihrem Kelch – und halten die Klappe.«

Und Carlos fährt in normaler Tonlage fort:

»Aber wenn Sie möchten, haben wir auch Terrorismus.«

Und Sousa fährt im gleichen Ton fort:

»Terrorismus ist schwer angesagt.«

»Naja, nicht mehr ganz so.«

»Aber er wirft immer noch genug ab.«

»Immer. Man muß nur die Vorstellungskraft bemühen.«

»Gute Beleuchtung ist deswegen wichtig.«

»Gegenlicht.«

»Schatten.«

»Das Herrliche an Terroristen ist, daß man sie niemals sieht. Nur ihre Ergebnisse.«

»Eier, die explodieren, aber wo ist das Huhn?«

»Und wenn man sie faßt, ist man meistens enttäuscht.«

»Richtig.«

»Terroristen sehen gar nicht aus wie Terroristen.«

»Und man fragt sich: ›Dieses Milchgesicht soll für den Tod Hunderter Menschen verantwortlich sein?‹«

»Kann ein Monster dermaßen unschuldig aussehen?«

»Terrorismus ist von schlichter Schönheit.«

»Wie hausgemacht, heimisch.«

»Auf den ersten Blick könnte man es für importiert halten, aber selbstgemacht schmeckt es am besten.«

»Sicher nicht so subtil wie die ökonomischen Ängste. Und nicht so wirkungsvoll.«

»Aber auch lähmend, auf seine Weise.«

»Gut für die Muskeln, die Spannung.«

»Gut für die Nerven, die stimuliert werden.«

»Gut für den Geist, denn er beruhigt.«

»Sehr beruhigend, der Terrorismus!«

Carlos setzt eine traurige Miene auf:

»Unser Leben ist nicht mehr dasselbe. Es ist etwas verlorengegangen. Der Terrorismus hält uns alle als Geiseln. Man betritt einen Laden.«

»Und jeden Moment kann etwas in die Luft fliegen. Wie ein Leben auf Abruf, lebendige Tote. Unser Leben ist nicht mehr dasselbe. Wie auf rohen Eiern gehen.«

Sousa versucht, ohne rechten Erfolg, mitleidig auszusehen:

»Wir wollen begreifen, aber es gibt nichts zu begreifen.«

»Jeder ist verdächtig, überall. Ein Kind kommt von der gegenüberliegenden Straßenseite, betritt gleichzeitig mit uns einen Laden, und schon sträuben sich einem die Nakkenhaare. Das Kind sieht wohl unschuldig aus, will wahrscheinlich nur Bonbons kaufen. Aber klar sieht es unschuldig aus! Ein Terrorist, wenn er gut ist, muß unschuldig aussehen!«

Carlos spricht:

»Und überhaupt, seit wann sind denn Kinder unschuldig? Als David Goliath umbrachte, dürfte er kaum älter als zwölf gewesen sein. In Afrikas Bürgerkriegen werden Kindersoldaten benutzt und mißbraucht. Keine elf Jahre alt oder jünger und bewaffnet bis an die Zähne. Und in Brasilien: Ein Kind mit einer halbautomatischen Waffe, ist das noch ein Kind? Man sieht ein Kind auf sich zukommen und denkt sich nichts Böses dabei. Bevor man sich versieht, ist man umgeben von Kindern, bösartigen, grausamen Kindern, wie Ameisen. Insekten, bereit, einen in Stücke zu reißen. Unschuld ist für sich eine tödliche Waffe. Unschuldig, die Kleinen? Im Traum nicht. Und war es nicht die so unschuldige Judith, die Holofernes den Kopf abgetrennt hat?«

Sousa:

»Eine Frau steigt zu uns in den Bus. Eine zierliche, harmlose Frau. Aber ist sie das wirklich? Ihre Familie kam bei einem Luftangriff ums Leben, und nun macht sie, zu Recht oder Unrecht, uns dafür verantwortlich. Wofür ist egal und auch, ob wir im moralischen Sinne schuldig sind oder Komplizen oder schlicht gar nichts getan haben, als ihre Familie ausgelöscht wurde. Egal, ob sie recht hat, nicht recht hat, das Ganze ein Unfall war oder sie sich das alles nur einbildet. Und selbst wenn es uns (selbst wenn wir gewollt hätten) unmöglich gewesen wäre, ihrer angeblichen Familie zumindest hypothetisch zur Seite zu stehen, Tatsache ist, schlicht und einfach, wie Tatsachen nun einmal sind: Sie macht uns verantwortlich.«

Carlos:

»Oder auch nicht. Vielleicht macht sie uns nicht mal verantwortlich, sondern ist schlicht und ergreifend verrückt. Der Schmerz, ganz egal ob real oder eingebildet, hat sie zur Nihilistin gemacht, sie hat sich aus dem Leben verabschiedet und projiziert nun, anstatt sich nur selbst umzubringen, ihren Schmerz auf die anderen.«

Sousa:

»Das kann im Zweifelsfall einer gewissen Ironie nicht entbehren. Wenn es schlimm kommt, ist sie seinerzeit gerettet worden, und ohne es zu ahnen, hat der Samariter, der ihr das Leben gerettet hat, damit Dutzende, Hunderte oder gar Tausende anderer Menschen zum Tode verurteilt. In dem Glauben, das Gute zu tun, rettete der gute Mensch ein Ungeheuer.«

Carlos:

»Deswegen und auch aus anderen Gründen sollten wir nie (aber tatsächlich nie) anderen helfen, ganz egal, wem.

Denn in dem Glauben zu helfen, kann es passieren, daß wir genau das Gegenteil tun.«

Sousa:

»Das Gute am Terrorismus ist, daß er eine uralte Weisheit bestätigt: Man hält besser den Mund. Ruhe ist die erste Bürgerpflicht, wirklich ganz still und gelassen.«

Carlos:

»Wenn wir Glück haben und Ruhe bewahren ...«

Sousa:

»Die Augen geschlossen, die Ohren zuhalten, den Mund auch ...«

Carlos:

»Dann geschieht vielleicht nichts.«

Sousa:

»Vielleicht.«

Carlos:

»Früher aßen die Kommunisten noch Kinder zum Frühstück.«

Sousa verzieht sein Gesicht zu der unglücklichen Imitation eines Grinsens:

»Und heute gibt es zum Frühstück schon Terrorismus.«

Carlos:

»Und weißt du, was?«

Sousa:

»Man kann gar nicht genug davon bekommen.«

Die Frau weiß, daß es besser wäre, sie würde jetzt schweigen. Sie weiß auch, daß es jetzt auch schon egal ist. Wie schade, sie und das Kind sind erst vor wenigen Tagen hier eingezogen. Na ja, es gibt andere Wohnungen. In diesem kalten, traurigen Land gibt es immer noch andere Wohnungen. Und fast wie zum Spaß fragt sie:

»Und die Furcht vor der Strafe Gottes, wenn wir uns nicht benehmen? Hätten Sie die ebenfalls im Sortiment?«

Carlos und Sousa schauen sich vergnügt an. Carlos tut so, als müsse er zusammenbrechen, in sich zusammenfallen wie eine Puppe, von höheren Mächten enthauptet, und lacht:

»Na, hören Sie, meine Dame, wir sind doch nicht mehr im Mittelalter! Trotz allem, im Mittelalter sind wir nun doch nicht mehr!«

»Die Angst vor Gott ist *passé*«, ergänzt Sousa und erweist sich damit unverhofft als linguistischer Snob.

»*Outré*, würde ich sogar sagen«, sagt Carlos und stellt seinen vorhersehbar frankophilen Snobismus zur Schau.

»Gott ist mammutisiert.«

Die Frau zieht die Brauen hoch, wie ertappt: »Mammutisiert?«

Sie merken, in Neusprech ist sie nicht sehr firm. Und klären auf:

»Ist zum Mammut geworden.«

»Mumifiziert wie ein Mammut.«

»Mammutisiert.«

»Hat nicht Schritt halten können mit der Zeit.«

»Nun ja, in der Dritten Welt hat Religion heute durchaus noch Bedeutung.«

»Bisweilen ist sie sogar durchaus noch ganz nützlich.«

»Als guter Vorwand für ein Massaker.«

»Und in den Vorstädten Indiens.«

»Als Zeugen des gütigen Schicksals.«

»Mit Gratiszeitschriften von Tür zu Tür.«

»Verkünden sie die Frohe Kunde.«

»Oder die Traurige Kunde.«

»Aber die Angst vor der Strafe Gottes, das war einmal.«

»*Tempi passati!*«

»Andere Gegenden.«

»Mammutisiert.«

»Wegmammutisiert.«

»Abgefrühstückt.«

»Fressen oder gefressen werden ist nun die Devise.«

»Wir haben viel zu lang über unsere Verhältnisse gelebt.«

»Dafür zahlen wir nun den Preis.«

»Und müssen zu gegebener Zeit die entsprechenden Maßnahmen treffen.«

Eine hübsche Frau mit Sonnenbrille und ein eleganter Herr mit Brille genießen in einem Straßencafé eine Erfrischung und schauen an diesem herrlichen Tag den vorbeiziehenden Autos und Fußgängern nach. Sie unterhalten sich über Kino und Philosophie. Plötzlich hastet ein Jugendlicher vorbei – wahrscheinlich zu spät auf dem Weg in die Schule –, stolpert und stürzt. Die Frau und der Mann eilen zu ihm ... Doch flink wie eine Gazelle steht der Junge wieder auf und verschwindet.

Wie faire Verlierer, aber durchaus guter Laune und als sei nichts geschehen, setzen der Mann und die Frau sich wieder. Und plaudern weiter: Ob es im italienischen Kino tatsächlich eine neue Bewegung gibt, die es an Qualität und Bedeutung mit dem goldenen Zeitalter des Neorealismus aufnehmen kann, oder nicht. Die Frau findet ja, der Mann eher nein. Aber stets sehr respektvoll.

Nach einer Weile kommt eine ältere Frau mit Einkaufstüten über die Straße. Man sieht ihr an, daß sie müde ist und nicht mehr so fit wie früher. Die Hühneraugen drücken, die Krampfadern, sie bekommt nicht so gut Luft.

Der elegante Mann und die gutaussehende Frau schauen sich an, lächeln – und stürzen sich auf die Frau. Gierig. Diesmal gelingt es.

Nach kaum einer Minute lassen sie von ihrem Opfer ab oder von dem, was von der Frau übrig ist, und setzen sich wieder. An den Wangen der Frau haftet Blut. Der elegante Mann ist so freundlich, es ihr abzuwischen. Die Leiche des Opfers bleibt auf dem Asphalt zurück. Eine Gruppe von Buchhaltern schleicht hung-

rig und zögerlich um den Leichnam herum. Dann entschlossener, selbstsicherer. Das Opfer zuckt, Eingeweide quellen hervor. Die Buchhalter weichen erschrocken zurück, dann sehen sie, daß es nur ein Seufzer des Todes war, und wagen sich wieder heran. Einer nimmt einen Pflasterstein aus dem Bürgersteig und zertrümmert den Schädel der Frau, bis die Hirnmasse austritt. Die anderen grunzen und blähen in froher Erwartung die Nüstern.

Der elegante Mann und die hübsche Frau lächeln in einer Mischung aus ironischer Zustimmung und freundlicher Mißbilligung. Sie winken den Kellner herbei. Man merkt ihm die Furcht an, die er aber zu überspielen versucht. Weniger als Mensch denn als menschliches Chamäleon. Der Mann bestellt noch zwei Gin Tonic. Die hübsche Frau korrigiert: für sie lieber Sekt.

Einheimischen bitte. Exzesse sind unzeitgemäß.

»Sie verstehen nur Bahnhof, nicht wahr?«

»Nicht schlimm. Nichtverstehen ist das neue Verstehen.«

»Im Nichtverstehen liegt die Kraft.«

»Je weniger Sie verstehen, desto besser für Sie.«

»Besser für alle.«

»Wenn wir die Wahrheit sagten, würde es sowieso niemand verstehen.«

»Deshalb besser ganz einfach.«

»Für eine bessere Zukunft.«

»Für Portugal.«

»Für den Fortschritt.«

»Für das Wohl der Nation.«

»Sehen Sie, das paßt immer.«

»›Für die Zukunft Ihrer Kinder schicken wir Ihren Sohn in den Krieg.‹«

»›Wir schließen, um unseren Service für Sie zu verbessern.‹«

»›Diät statt hungern.‹«

»›Gott straft uns, weil er uns liebt.‹«

»›Zu Ihrer Verfügung verfügen wir über Sie.‹«

»›Es tut mir mindestens genauso weh wie dir.‹«

»›Die Wahrheit würden wir Ihnen gern sagen, aber in Wahrheit will niemand sie hören.‹«

»›Wir behandeln Sie nicht mehr wie ein Kind, wenn Sie aufhören, sich wie ein Kind zu benehmen.‹«

»›Glauben Sie nicht, daß wir nicht auch Sorgen hätten.‹«

»Wissen Sie, was der Kapitän eines Sklavenschiffs sagt, wenn die Sklaven im Laderaum über Hunger und Durst klagen?«

»Ganz genau, meine Dame.«

»›Wir sitzen alle im selben Boot.‹«

»Und das ist die reine Wahrheit.«

»Nur, daß die Sklaven natürlich eine völlig einseitige Wahrnehmung haben.«

»Es gibt sehr egoistische Leute.«

»Und genau deswegen, zur Bekämpfung des Egoismus, muß die Angst installiert werden.«

»Und so ersetzt Angst, wenn sie gut installiert ist ...«

»Sie muß gut installiert sein ...«

»Eine richtig gut installierte Angst ersetzt schlechte Fragen durch Fragen, die besser gestellt sind.«

»Indem sie uns zu Kindern macht, meine Dame, macht die Angst uns nicht kleiner, sondern im Gegenteil größer.«

»Die Angst führt uns zurück in die Kindheit der Welt.«

»Blitzsauber«, sagt Carlos, »die reine Freude und nichts als Vorteile.«

»Gratis ...«

»Als Bonus ...«

»Kommt mit der Angst auch die Paranoia.«

Sousa leckt sich die Lippen:

»Ja, die Paranoia.«

Carlos leckt sich die Lippen:

»Oh, là, là, Paranoia ...«

Sousa:
»Mehr als Paranoia, ein Leckerbissen!«
Carlos ergänzt:
»Und die Menschen ducken sich.«
Sousa stimmt zu:
»Machen sich klein.«
Carlos ergänzt:
»Das ist ein unmittelbarer Effekt der Angst.«
Sousa hebt eine Augenbraue:
»Carlos, entschuldige, muß es nicht mittelbar heißen?«
Carlos winkt ab:
»Ach was, unmittelbar.«
Sousa, der gute Tölpel, gibt nach:
»Gut für alle.«
»Mehr Angst = weniger Störungen.«
»Mehr Angst = mehr Unterhaltung.«
»Angst = sozialer Friede.«
»Selbst wenn schon fast alles verloren ist, fürchten die Menschen doch weiterhin, alles zu verlieren.«
»Daß all ihre Mühen vergeblich waren.«
»*Fast* ist das Zauberwort.«
»Die Leute denken: Wenn ich zu weit gehe, wird es nur schlimmer.«
»Opfer bringen ist eins, Selbstaufgabe das andere.«
»Der Trick ist, nie zu sagen, wann es zu weit ist.«
»Sie im Dunkeln tappen lassen.«
»Im Dunkeln im dunklen Zimmer.«
»Die Leute reißen die Augen auf.«
»Öffnen die Augen und sehen.«
»Daß sie nichts sehen, sehen sie.«
»Und geben nach.«
»Geben auf.«
»Sehen der neuen Realität ins Gesicht.«
»Verstehen, daß es das beste für sie ist.«

»Keinen Wirbel zu machen.«

»Man braucht ihnen nur zu sagen: ›Tun Sie einfach nichts, das ist noch das beste für Sie. Wir kümmern uns später darum.‹«

»Ganz diskret.«

»Das ist das ganze Geheimnis.«

»Der Trick.«

»Keinen Wirbel zu machen.«

»›Es gibt keine Schwimmwesten für alle. Melden Sie sich zu einem späteren Zeitpunkt noch mal.‹«

»So war es auf der Titanic, als die aus der dritten Klasse aufs Oberdeck kamen und sehen mußten, daß die aus der ersten als Erste gerettet wurden.«

»Was ja auch Sinn macht. Die aus der Ersten zuerst.«

»Und im Rettungsboot, wenn einer der Schiffbrüchigen merkt, daß der stoische Anführer Wasser und Zwieback für sich abgezweigt hat.«

»›Psst, sag jetzt nichts, dann bekommst du nachher auch was davon.‹«

»›Wenn du mich verpfeifst, reicht es sowieso nicht für alle.‹«

»›Wir sitzen alle im selben Boot.‹«

»›Es würde den anderen Ruderern jeden Mut nehmen. Ist es das, was du willst?‹«

»›Bist du wirklich so egoistisch, daß du nur an dich selbst denkst?‹«

»Und der Schiffbrüchige gibt nach.«

»Jeder gibt nach.«

»Nicht mehr verblendet.«

»Nunmehr verkauft.«

»Verkauft an die neuen Gegebenheiten.«

»Die erdrückende Last möglicher Realitäten.«

»Verstehen, daß Schweigen noch immer das beste für sie ist.«

»Abhaken.«

»Den neuen Vertrag.«

»Jeden Vertrag.«

»Vermarktete Augen.«

»Ermattete Augen.«

»Der Exzellenz der Kanäle der Angst still ergeben.«

»Unübertroffene Mittel.«

»Wir wissen durchaus, daß die hausgemachten noch immer die besseren Ängste sind.«

»Die alten Familienrezepte.«

»Nichts geht über die Angst, die wir schon mit der Muttermilch mitbekommen.«

»Aber ...«

»Jeder tut, was er kann.«

»Wenn jeder tut, was er kann, wird unser Land bald ein besserer Ort sein.«

»Eine bessere Welt.«

»Heuchler sind unsere Kritiker.«

»Wenn sie behaupten, sie seien für Zweifel, doch wenn wir sie anbringen, sie nicht so gern sehen.«

»Zweifel gefallen ihnen mit ›kritischem Geist‹.«

»Also wie sie sie gern hätten.«

»Aber der Zweifel kann ...«

»Und soll ...«

»Auch mit der Angst einhergehen.«

»Wieso muß denn immer alles ganz klar sein?«

»Wenn wir mit geschlossenen Augen doch immer noch besser sehen?«

»Wenn wir, sobald wir Angst haben, doch bessere Menschen sind?«

»Sind Krankheiten etwa nicht ansteckend?«

»Kann ein Kuß ansteckend sein oder nicht?«

»Oder ein Händedruck?«

»Es ist die Wahrheit, daß sie es sind.«

»Das ist die traurige Wahrheit.«

»Eine andere traurige Wahrheit ist: Nicht die Angst ist das Ansteckende.«

»Sondern die Leute.«

»Es sind immer die Leute.«

»Die Menschheit ist ansteckend.«

»Was nicht heißen soll, daß die Menschheit krank ist.«

»Nicht unbedingt.«

»Doch auch weniger ansteckende Krankheiten können bei genauer Betrachtung recht ansteckend sein.«

»Zum Beispiel Alzheimer.«

»Wußten Sie, daß man herausgefunden hat, daß Alzheimer ansteckend ist wie Rinderwahnsinn?«

»Die Prionen.«

»Jüngste Forschungen, meine Dame.«

»Neueste.«

»Letzte Untersuchungen stehen noch aus.«

»Aber die Möglichkeit besteht.«

»Die Demenz.«

»Demenz ist ansteckend.«

»Oder erblich.«

»Denken Sie mal nach, meine Dame.«

»Überlegen Sie.«

»Ich versichere Ihnen, es gibt viele, die darüber nachdenken.«

»Nicht zuletzt, weil wir alle, früher oder später, darüber nachdenken müssen.«

»Falls wir nicht ganz damit aufhören.«

»Ist doch so.«

Wie lange hatte die Krankheit bereits gelauert? Und wie lange hatte mein Vater schon von seiner Erkrankung gewußt? War er deswegen so freundlich gewesen, als ich ihn zu mir nach Hause nahm? Weil er wußte – er wußte es –, daß er die Krankheit schon seit Jahren hatte? (Und, wie in den Filmen, erleichtert war, als er sie tatsächlich bekam?)

Ich wunderte mich schon, daß er an jenem Nachmittag nicht widersprach, als ich ihn zu mir nach Hause nahm, anstatt ihn zu sich zu begleiten. Und daß er es zuließ, fast als sei es normal, daß ich ihn wusch (ihm den Hintern abwischte), wo er doch noch am Tag zuvor in der Lage gewesen war, alles alleine zu tun ...

Die Krankheit. Die Krankheit wußte, daß sie sich nicht länger verheimlichen konnte. War es am Ende die Krankheit, die sich – und nicht er sich durch sie – erwischen ließ? Und sich erwischen ließ – und warum? Weil klar war, daß sie sich nicht mehr länger verstecken konnte und sich nunmehr entschlossen hatte, die verheißene Niederlage einzugestehen? Hatte die Krankheit womöglich beschlossen, ihre letzten Tage mit Süppchen und in aller Ruhe in einem Heim zu verbringen oder bei mir zu Hause; den Kampf gegen diesen Mann aufgegeben, nachdem sie ihm alles ausgesaugt hatte, was man ihm aussaugen konnte? Ihm das Gehirn ausgesaugt hatte?

Hatte die Krankheit beschlossen zu sterben – an Hunger?

Oder hatte sie eher vorausgesehen, daß dies ihre Bestimmung sein würde (mit dem Wirt zu verenden), falls sie nicht rechtzeitig (der frühe Vogel fängt den Wurm) einen neuen Wirt fände?

Jetzt bin es ich, der versucht, sein Verbrechen zu verschleiern – ich beginne den Verstand zu verlieren. Ja, ich versuche es zu verschleiern. Aus Scham? Sehr wahrscheinlich. Logisch: Jeder Verbrecher fürchtet sich vor Entdeckung. Wieso also sollte ich, der ich das größte Verbrechen beging, dann nicht ebenfalls fürchten, überführt zu werden?

Das größte aller Verbrechen. Eine Geisteskrankheit ist immer das schwerste Verbrechen. In diesem Fall eines, das den Geist löscht wie ein Radiergummi nachlässig geschriebene Wörter.

»Weißt du noch, was du gestern gemacht hast?«

»Nein.«

»Das sagen alle, um sich für unschuldig zu erklären.«

Und sie haben recht, unsere Ankläger. Ich erinnere mich nicht mehr an das, was ich gestern getan habe, nicht mehr, wie ich das Waschbecken nennen soll (zufällig weiß ich es, Waschbecken, aber es ist nur ein Beispiel), ich kann mich an nichts mehr erinnern. Gibt es für ein Verbrechen einen besseren Beweis?

Jetzt beginne ich jedes Mal vor Angst zu zittern, wenn mich jemand begrüßt und ich ihn nicht auf Anhieb erkenne. Fürs erste kann ich die Krankheit noch gut überspielen. Doch ... und wenn es mir nicht mehr gelingt?

Ich habe schon Angst, vor den Spiegel zu treten. Nicht aus Angst, dort mein Spiegelbild nicht mehr zu sehen. Das geschieht (soviel weiß ich noch) nur Vampiren. Ich meide Spiegel aus einem viel schlimmeren Grund.

Der Angst, mich im Spiegelbild nicht mehr zu erkennen. Dort nur noch, im Spiegelbild, fett und feist grinsend die Krankheit zu sehen.

»Jetzt muß ich aber echt dringend«, sagt Sousa. »Wenn wir nicht gleich gehen, pinkle ich hier, auf der Stelle.«

Carlos weiß, jedes Schauspiel hat, und mag es auch noch so gut sein, einen Schlußvorhang, und man soll das Publikum nie mit allzu vielen Zugaben langweilen. Klug ist der Künstler, wenn er von der Bühne geht, während das Publikum noch *Zugabe, Zugabe* ruft, anstatt, getragen von der Illusion des Applauses, schließlich die Ohren derjenigen abstumpfen zu lassen, die noch Minuten zuvor »in wilder Ekstase« waren, wie es früher von pseudo-naiven Debütantinnen in Softcore-Pornos hieß.

Carlos weiß das und weiß, daß es Zeit ist, zum Ende zu kommen, und daß sie längst die für die Installation der Angst festgeschriebenen neunzig Minuten überschritten haben. Er weiß, oder sollte zumindest wissen, wie es um Sousas Blase bestellt ist. Doch er kann der Versuchung des Rampenlichts nicht widerstehen. Sein Fehler. Würde er jetzt abgehen, käme er vielleicht (möglicherweise) noch ungeschoren davon. Aber so, armer Teufel, erwischt es ihn.

Es ist angerichtet für jenen, den Hades verschlingen wird …

»Meine Dame, das Schönste an der Angst ist, daß jeder sich seine eigene schaffen kann. Unsere Aufgabe ist es im Grunde nur, die Idee zu verbreiten.«

From: (eigene Adresse eingeben)
Subject: Warnen Sie Ihre Kinder und Enkel

Dringend!
Date: Fri, 13 06:06:06 + 0100

Achtung Eltern von Jugendlichen, die nachts ausgehen oder abends von der Schule kommen. Warnen Sie Ihre Kinder! Wenn Sie auf der Straße einem weinenden Kind begegnen mit ausländischem Akzent, das einen Zettel mit einer Adresse vorzeigt und Sie bittet, es zu dieser Adresse zu bringen, bringen Sie es SOFORT ZUR NÄCHSTEN POLIZEISTATION, auf keinen Fall zu der angegebenen Adresse.

ES IST EIN NEUER TRICK, MIT DEM AUSLÄNDISCHE BANDEN KINDER UND JUGENDLICHE ENTFÜHREN.

Verbreiten Sie diese Warnung weiter. Es geht um das Wohl aller.*

(*) auch wer keine eigenen Kinder hat, hat Nichten und Neffen, Patenkinder, Freunde, die Kinder haben, usw. …

»Fakten sind Fakten, liebe Frau«, sagt der wortgewandte Carlos.

»Die Angst kommt«, fügt Sousa widerstrebend, aber gehorsam hinzu.

»Ob man will oder nicht.«

»Erst zwickt es noch ein bißchen, dann geht es«, erläutert Sousa.

»Sagen die Leute.«

»Die Angst kommt«, bekräftigt Sousa.

»Und das ist gut so«, bestätigt Carlos.

»Schnell und schmerzlos«, erläutert Sousa.

»Jedenfalls fast«, grinst Carlos.

Sousa brummt und sagt dann, was er nicht sagen sollte:

»Na gut, also die Toilette ist diese Tür rechts, oder?«

Die Frau preßt ihre Handflächen aufeinander.

»Sousa, die Frau hat gesagt, die Toilette ist kaputt ...«

»Und ich scheiß' drauf«, sagt Sousa. »Wenn ein Mann muß, dann muß er.«

Sousa geht los und die Frau hinterher. Plötzlich hat sie etwas in der Hand. Ein Brecheisen? Sousa reißt die Tür auf und sieht, was er nicht sehen sollte.

»Was zum T...?«

Sousas Kopf kracht, er sackt zu Boden wie der Vorhang in einem Theater von früher.

Carlos spürt, daß etwas nicht stimmt, fragen Sie ihn nicht, warum, er spürt einfach, daß etwas nicht stimmt. Andererseits ist doch Sousa der Starke, er selbst ist ein Mann des Wortes und nicht der Tat.

Es gibt Momente, in denen ein Mensch Dinge wahrnimmt, bevor er sie spürt. Ein Relikt aus vergangenen Zeiten, in denen der Mensch noch ein Tier war und jeden Moment auf der Hut, eine Zeit, in der Angst gegenwärtig war, mächtig, und nicht erst installiert werden mußte; sie *war immer da:* im Dunkel der Nacht, in der feuchten Höhle, im Brüllen der wilden Tiere, in den Meteoriten, den vielen Gefahren. Eine Zeit, in der noch Gleichgewicht herrschte, in der die Menschen noch nicht über andere Arten die Oberhand hatten, eine Zeit, in der die Natur noch die Ordnung der Dinge war.

Eine Vorahnung geht so: Eine Information, die unser zentrales Nervensystem erreicht und, noch bevor sie als zutreffend bewertet wird, einen Schutzmechanismus aktiviert, der unseren Körper in höchste Alarmbereitschaft versetzt.

Im Bad schaut die Frau das erschrockene Kind an. Sie lächelt sanft. Es ist alles gut, sagt ihr Lächeln. Es ist alles gut, mein Schatz, sagt das Lächeln in den bewegten, glücklichen Augen voller Erleichterung, daß es dem Kind gutgeht.

Mama, ich habe Hunger.

Psst, Liebling, es ist alles gut. Es gibt gleich Fleisch. Nur einen Augenblick noch.

Dreingabe

Du sagst: Zukunft muß aufgebaut werden.
Nun weiß ich, warum du die Gegenwart versenkst.
Um Fundamente zu bauen.
Alberto Pimenta

Die Frau hatte versucht, sie abzuwimmeln. Auf die freundlichste Art und Weise. Hatte ihnen schweigend zugehört. Aber nein, sie fühlten sich ja wie zu Hause. Und nun? Nun ist es zu spät. Sie haben den Jungen entdeckt, und bevor sie Verdacht schöpfen, muß die Frau handeln. Und handelt. Mit fast übermenschlicher Geschwindigkeit. Oder unmenschlich. Unmenschlich, genau.

Sousa sackte schnell zu Boden, wie ein Berg bei einem Erdrutsch: komplett und in seltsamer Stille. Ein Brecheisen ist ein Brecheisen: Wenn der Schlag ihn nicht umgebracht hat, dann jedenfalls so gut wie. Der Wortgewandte zuckt zusammen und erstarrt in dem Augenblick, in dem er zwar nichts begreift, aber alles begreift. Nur daß er sich, anders als Sousa (den die Frau immer noch als den Fähigeren der beiden betrachtet), in der Stunde der Wahrheit vollkommen duckt, wie ein Vögelchen vor der Kobra. Oder die Kobra in dem Moment, wo sie erstaunt feststellt, daß vor ihr kein Vögelchen sitzt, sondern eine Anakonda.

Schuld, das muß gesagt sein, sind ganz allein sie. Sie hielten die Wohnung der Frau für die Wohnung der Frau. Falsch gedacht. Sie hielten die Frau für eine friedliche Hausfrau. Zu Unrecht. Sie sahen nicht, daß sie eine Mutter ist und daß eine Mutter zu Unglaublichem in der Lage ist, wenn es um ihre Kinder geht. Sie dachten, als sie an die Tür klopften, ihre Nervosität sei ihrem einschüchternden Auftreten geschuldet. Zu Unrecht.

Carlos erwacht – oder glaubt zu erwachen. Er ist gefesselt, die Hände hinter dem Rücken zusammengebunden. Was ist passiert? Ach ja, die Frau. Carlos versucht ruhig zu bleiben. Er wartet, daß die Frau anfängt zu schimpfen; das ist es doch, was die Empörten in solchen Situationen tun: »Ihr habt mein Leben zerstört, ich habe meine Arbeit verloren, fünfzehn Jahre lang war ich Lehrerin/Angestellte/Juristin/Krankenschwester, und eure Politik hat mein Leben zerstört, ihr spielt doch nur mit den Menschen, man kann es ja mal versuchen, mal sehen, ob die Leute sich ducken, ihr habt keinen Respekt, ihr seid das Mieseste, was man sich vorstellen kann, dazu habt ihr kein Recht. Und von anderen verlangt ihr, was ihr selbst nicht erfüllen könnt. Feiert Orgien und predigt Moral. Seid korrupt und verlangt Ehrlichkeit. Gießt Öl ins Feuer, schneidet dem Kranken ein Bein ab und brüstet euch, daß er so gleich zwanzig Kilo weniger wiegt, und nennt eure Metzgerlogik noch Chirurgie. Ihr wollt eine Revolution, eine Revolution ins Gegenteil, das soziale Gefüge verändern, den Umgang mit Menschen. Ihr steuert das Boot gegen die Wand.« Und so weiter und so weiter. Carlos erwartet nichts anderes. Und eine Lösegeldforderung. Oder einen Forderungskatalog: »Ich will wieder mein Weihnachtsgeld, die Linie 722 soll nicht eingestellt werden, ich will meinen Arbeitsplatz zurück, meine Krankenversicherung, meine Medikamente, ich will, ich will, ich will …« Die Leute wollen nur immer so viel, man muß auch mal über Realitätsverlust reden. Wann merken sie eigentlich, daß Schluß ist mit der Humanität? Carlos kennt diese Hysterie, diese Kleinkariertheit; hat es alles schon gegeben, Leute, die sich verbarrikadiert haben in ihren Wohnungen und sich weigerten, die Agenten der Angst wieder laufen zu lassen, und dann gab es Verhandlungen und Versprechungen, und schließlich gaben die Elenden nach, vor Erschöpfung oder wegen der Zusagen, und ergaben sich, und das Ganze wurde diskret über die Bühne gebracht. Es kam auch zu Straßenprotesten, doch damit ließ sich umgehen. So stand es in der Bibel ihres Dienstes: Eine kleine, gut organisierte Kraft, solidarisch und mit klaren Zielen, kann mühelos eine viel größere Kraft besiegen, vor allem, wenn diese leicht zu zerstreuen ist und nur für ein paar Stunden Anzeichen von Einigkeit aufweist, für die Dauer der ersten Demonstrationen. Regel Nummer eins der Staatskunst: Teilen ist leichter als geben. Demoralisieren ist sicherer als moralisieren. Menschen, wie jedes andere Material, werden mürbe.

Das Problem ist, daß die Frau nichts von alledem sagt. Die Frau protestiert nicht, mault nicht herum, regt sich nicht auf. Sie wirkt vollkommen ruhig. Ruhe ist gefährlich. Ruhe macht angst.

Weitgehend bewußtlos und wimmernd muß Carlos zusehen, wie sich zur Qual weitere Qual gesellt: Wären sie doch bloß fünf Minuten eher gegangen. Wären sie dann entkommen?

Man weiß es nicht. Man weiß nie, was geschehen wäre, wenn ... Wenn wenn wenn wenn wenn wenn. Wenn ich um jene Ecke gebogen wäre anstatt um diese. Wenn wenn wenn wenn wenn. Wenn ich den Sicherheitsgurt angelegt hätte, wenn ich Grün abgewartet hätte, wenn ich nur auf die Schilder geachtet hätte. Hätte hätte hätte hätte hätte. Hätte ich die Zeichen erkannt. Die Zeichen der Götter. Die Götter, so steht es geschrieben, sie senden uns Zeichen, nur wir, die wir kurzsichtig und zerstreut sind, arrogant, ignorant, können nicht lesen, nicht hören, nicht sehen. Nicht einmal fürchten können wir uns richtig, Sauerei, elende!

Psst, hören Sie auf zu wimmern. Sie wecken ja noch den Jungen auf.

War das die Frau, die das gesagt hat? Aber welcher Junge? Da war kein Junge. Nur Sousa neben ihm, bäuchlings, um den Kopf eine Aureole, die nichts Gutes verhieß (eine dunkle Melasse). Und in der Badewanne ... In der Wanne ein oder zwei Körper, in Teilen, in einer wenig natürlichen Position. Hier ein Bein, dort ein paar Augen, in denen noch Leben zu sein schien, doch Carlos weiß, daß sie nicht leben – nicht mehr leben können –, kein Gesicht ist zu sehen. Doch die Frau wiederholt:

Neben Ihnen. Sehen Sie nur, wie hübsch er ist, mein Junge. Sagen Sie, ist das nicht ein herrlicher Anblick?

Und Carlos schaut, versucht noch einmal hinzusehen. Doch neben ihm ist nichts. Aber doch, eine Puppe, aber nicht einmal eine von diesen Babypuppen, die aussehen wie echt, eins zu eins. Diese Puppe ist schmutzig, und von Wange zu Wange zieht sich ein roter Strich (Lippenstift?). Ist es das, was die Frau als ihr Kind bezeichnet?

Die Frau ist wahnsinnig. Es kann nur so sein. Es kann nur.

»Ich ... Ich habe Frau und Kinder«, lügt Carlos. »Ich habe doch nur meine Arbeit gemacht ...«

Ach, hätte er doch den Mut, um den Tod zu betteln anstatt um sein Leben. Einen schnellen Tod. Vielleicht tut er das ja gerade, denn der Tod ist zynisch und kommt auf leisen Sohlen, und erst wenn er weiß, daß man ihn nicht küssen will, macht er es sich endlich leicht.

Denn der gesprächige Carlos, einfacher Beamter der Besoldungsgruppe D in der Abteilung für die Installation der Angst, versteht, auch wenn er gar nichts versteht. Schließlich war er es, der der Frau von den Banden von nihilistischen Mördern erzählt hat, die Menschen in ihren eigenen Wohnungen vierteilen, um an ihr Gold zu kommen, oder schlicht aus krankem, neuartigem Appetit auf den Reigen der Grausamkeit, in Zeiten wie diesen, deren Sozialordnung der Indiens nacheifert – und nicht dem Indien der Weisen, sondern dem der unendlichen Ungleichheit, der brutalsten annehmbaren unannehmbaren Kontraste. »Das Land befindet sich in einem unglaublichen Wachstum, der Unternehmergeist boomt.« *Haben Sie nicht neumittelalterliche Verhältnisse herbeigesehnt*? Also jammern Sie nicht. In neumittelalterlichen Verhältnissen kehren auch Sekten zurück, tausendundeinfacher Wahnsinn, vierteilende Ritter, Deckmönche, Blutkult, vom Wissen schier Wahnsinnige, Tänzer im Blutrausch. Das Ende der Welt als alltägliches Schauspiel, nonstop von der Morgenvorstellung bis tief in die Nacht.

Das Gesicht der Frau zieht wie eine Abfolge von Fotogrammen und Standbildern vierundzwanzig Mal pro Sekunde durch Carlos' verängstigtes Hirn. Welche Anzeichen hat er falsch gedeutet? Welche Indizien gab es in ihrem Blick dafür, daß es sich um eine wahnsinnige Mörderin handelte? Was genau war geschehen? War er so in seiner Rede gefangen gewesen, im Automatismus seines Verkaufsgesprächs, daß er vergaß hinzuschauen, ob etwas außergewöhnlich war?

Ihr dummen, dummen Jungen.

Als hörte er sie in diesem Moment zum ersten Mal, fällt Carlos auf, daß die Stimme der Frau sanft ist und schön. Wie es bei Ungeheuern der Fall ist.

Ich habe es versucht, war geduldig, ich hätte euch nichts getan. Ich wollte nur, daß ihr den Jungen in Frieden laßt. War das zuviel verlangt?

Carlos hört zu. Oder bildet sich ein, daß er zuhört:

Jetzt könnt ihr schreien, soviel ihr wollt. Keine Sorge, die Nachbarn werden nicht kommen. Ihr habt eure Arbeit zu gründlich gemacht.

Die Stimme der Frau lächelt, ist ruhig, ach, so ruhig. Könnte beruhigend auch für Carlos sein, wenn er nicht unter Schock stünde. Eine Stimme, die er gern hören würde, wenn sie ihm eine Gutenachtgeschichte erzählte.

Sie werden glauben, es wäre der Fernseher. Oder daß wirk-

lich etwas ganz Furchtbares passiert. Aber ihr Gehör geht schon längst nach dem Markt. Ach, pardon, nach dem Mond selbstverständlich.

Carlos will nichts sehen, vor allem nicht unter sich, voller Angst, auf dem Boden seine eigenen Eingeweide zu entdekken. Was, wenn sein Schmerz nur vom Schock überdeckt ist und erst in einiger Zeit tatsächlich nicht mehr zu ertragen sein wird?

Es tut mir fast leid, Jungs, euch adieu sagen zu müssen, ihr wärt eine wunderbare Gesellschaft für meinen Jungen. Und er braucht ja Gesellschaft. Nun wird er wohl nur mit Teilen von euch spielen müssen, aber dann spielt er ja auch sozusagen mit euch, nicht wahr? Und ihr wißt ja, wie Kinder sind, über kurz oder lang machen sie alles kaputt.

Nein, Carlos weiß nicht, ob die Frau spricht oder er es sich einbildet. Die Phantasie eines Sterbenden, der sein Leben an sich vorbeiziehen sieht oder rückwärts noch einmal erlebt. Seine Vorstellungskraft sucht eine logische Erklärung: Die Frau hat etwas furchtbar Traumatisches durchgemacht, das brachte sie dazu, so zu sein. Aber er, welches Trauma hat ihn zu dem gemacht, was er ist? Keins. Nur eine berufliche Perspektive, die sich ergeben hat. Vielleicht war es bei der Frau ähnlich. Vielleicht wurde sie zur kannibalischen, psychopathischen Mörderin, weil sich eine berufliche Perspektive ergab?

Wo waren wir stehengeblieben? Ach ja. Nehmen wir an (nehmen wir an), ihr wärt gestorben, und nun befändet ihr euch in der Hölle. Und die Hölle geht so: Jeden Tag ohne Erinnerung dieselben Schritte tun, bis es zu spät ist, bis ihr wieder (viel zu spät, wie in Horrorgeschichten, die diese Bezeichnung verdienen) seht, welchen vermeidbaren Fehler ihr begangen habt, hierher zu kommen und eure Arbeit zu tun, hier bei jemandem, der ebenfalls eure Arbeit tut. Bouvard & Pécuchet, sagt euch das etwas? Sollte es. Ich war Gymnasiallehrerin und weiß solche Dinge.

Carlos & Ega, das sagt euch auch nichts? Wladimir & Estragon? Schade, denn die sind euch tatsächlich sehr ähnlich. Und Laurel & Hardy, Dupond & Dupont, Mr Solo & Ilya, Goldfinger & Oddjob? Ihr wiederholt sämtliche Schritte aller tragischen Komikerduos der Welt. Ihr seid Monster aus einer Sammlung von Abziehbildchen, Falschmünzer, glaubt, daß ihr ein Produkt an den Mann bringt, aber in Wirklichkeit endet ihr selbst, wie heruntergekommene Drogenhändler, als Konsumenten. Herzlichen Glückwunsch und willkommen im Universum der unzufriedenen Kunden – ihr habt so lange euer Zeug in die Welt gebracht, daß es sich euch in die Haut gebrannt hat. Ihr armseligen, verdammten Spaßmacher.

»A-aber ...«

Die Frau braucht nur einen Finger zu rühren, und schon bleiben die Worte im Hals des Gesprächigen stecken. Er ringt nach Luft, stockt, ohne atmen zu können. Die Frau hebt eine Augenbraue und schon lösen sich Worte aus seiner Kehle, doch sie gefrieren (als einzelne Buchstaben), verharren vor seinen Lippen, wie gefangen in Seifenblasen. Lose Buchstaben, Buchstaben, die kein einziges Wort bilden, es sei denn, wir hätten Freude an Anagrammen. G N A S T. GSANT. SANGT. GANS T. NS TAG. GAST N. S NAGT. ANGST. ANGST. ANGST. ANGST.

Sousa, der pfiffig ist, ist bereits tot. Nein, seine Lider zukken noch. Doch er hat eher begriffen als sein Kollege. Wir sind am Ende. Wir sind geliefert. Nichts war es mit der anderen Welt, es war alles von dieser. Wer weiß, womöglich waren wir von Anfang an schon am Ende.

Jawohl, armer Sousa. Jawohl. Ich bin wahnsinnig, total irre, durchgeknallt, verrückt, ballaballa im Kopf. Und das alles verdanken wir euren Kollegen. Ihr wart zu spät, von Anfang an. Die Angst ist bereits installiert.

Die Stimme der Frau lächelt. Carlos kann sich gerade noch selbst traurig die Zweigroschenfrage der Philosophie stellen: Wie zum Teufel erkennt man in einer Stimme das Lächeln? Sogar am Telefon? Etwas, das die Wissenschaft nie klären konnte. Oder wofür sie sich nie interessierte. Für den Klang eines Lächelns.

Nichts gegen euch, Jungs. Aber so sind die Regeln des Spiels. Konkurrenz gehört ausgeschaltet. Ich fand euch sogar richtig witzig. Ich habe eine Menge von euch gelernt. Es stimmt, wer nichts weiß, kann anderen wenigstens etwas beibringen. Ist doch so, Morpheus?

Fast hätte Carlos gelächelt. Der Kleine heißt also Morpheus. Ob es ihn je gab? War es womöglich der Geist eines Kindes, dessen Tod diese Frau in den Wahnsinn getrieben hat, oder der Embryo eines Kindes, das sie gern gehabt hätte, aber nie bekam? Oder ein fremdes Kind, dessen Tod sie verschuldete, ohne Absicht (zum Beispiel durch Überfahren), das sie um den Verstand brachte? Es ist gleich. Carlos kann in Frieden sterben. Er weiß von nichts, aber immerhin, daß der Junge (zwar imaginär, aber zum Erbsenzählen ist jetzt nicht der passende Augenblick) Morpheus heißt.

Willst du mit mir spielen? Verstecken? Du bist der Oger, und ich muß vor dir weglaufen, weil du mich sonst frißt?

Anmerkung des Autors

Meine Ursprungsidee war, diesen Text ohne ein einziges eigenes Wort zu verfassen. Doch ich kam bald, wie Pierre Menard, zu der Erkenntnis, daß dies zu einfach und zugleich viel zu aufwendig wäre. Dennoch habe ich einige fremde Textbrocken einfließen lassen, angefangen vom Volksmund (Wer Gesundheit will, soll auch dafür zahlen, wir sitzen alle im selben Boot, jeder gegen jeden, und so weiter). Auf Seite 98 zitiere ich aus einem Artikel des Lyrikers und Politikers Vasco Graça Moura aus der Tageszeitung *Diário de Notícias* vom 22. 5. 2012, auf Seite 114 aus einer echten E-mail, die ich in meinem Posteingang fand. Auf Seite 92 konnte ich einem Gruß an Cortázars »Südliche Autobahn« nicht widerstehen und auf Seite 88 dem an die Götter von H. P. Lovecraft. Der Kelch auf Seite 100 stammt von Chico Buarque. Und es gibt weitere Stellen, die ich mir zu nennen erspare. Die Geschichte vom Reichen und dem Armen stammt von meinem portugiesischen Verleger Carlos da Veiga Fereira. Leonor Areal, Isabel Costa Marques und Patrícia Reis waren so freundlich, das Manuskript zu lesen. Ich danke auch meinem Übersetzer Michael Kegler. Sollte Ihnen das Buch nicht gefallen, ist es allein seine Schuld. Und ja, ich danke auch jenem weisen Chinesen, der mich mit der folgenden freundlichen Verwünschung bedachte: »Mögest du in einer interessanten Zeit leben.« Das tue ich. Das tun wir alle, nicht wahr?

Die Originalausgabe, *A instalação do medo*,
erschien 2012 bei teodolito, Lissabon

By arrangement with Literarische Agentur Mertin
Inh. Nicole Witt e. K., Frankfurt am Main, Germany
and Agência Riff, Rio de Janeiro, RJ, Brasil

Die Publikation dieses Buches wurde gefördert von:
Direção-Geral do Livro, dos Arquivos e das Bibliotecas

DGLAB
DIREÇÃO-GERAL DO LIVRO,
DOS ARQUIVOS E DAS BIBLIOTECAS

Beethovenplatz 4, 53115 Bonn, www.weidle-verlag.de
Lektorat: Stefan Weidle
Korrektur: Kim Keller, Nele Kather
Einbandzeichnung: Rui Zink
Gestaltung und Satz aus der Tisa Pro: Friedrich Forssman
Druck: Ph. Reinheimer GmbH, Darmstadt
Bindung: Schaumann, Darmstadt
Materialien: Geese Alster 90 g/m² gelblichweiß,
Alster Cover 320 g/m² gelblichweiß
Dieses Buch wurde klimaneutral gedruckt.
natureOffice.com | DE-077-134232

Die Deutsche Bibliothek – CIP-Einheitsaufnahme
Ein Titeldatensatz für diese Publikation
ist bei der Deutschen Bibliothek erhältlich

978-3-938803-80-6